Le garde du cœur

Le garde du coeur

by Françoise Sagan

Copyright © Julliard, 1968
All rights reserved.
Korean translation copyright © 2007 by Sodam&Taeil Publishing House.
Korean edition is published by arrangement with Editions Julliard
through Imprima Korea Agency.

이 책의 한국어판 저작권은 Imprima Korea Agency를 통해 Editions Julliard와의 독점 계약으로 소담출판사에 있습니다. 저작권법에 의해 한국 내에서 보호를 받는 저작물이므로 무단 전재와 무단 복제를 금합니다.

Le garde du coeur
마음의 파수꾼

펴 낸 날	|	2007년 12월 21일 초판 1쇄
		2022년 2월 15일 개정판 1쇄
지 은 이	|	프랑수아즈 사강
옮 긴 이	|	최정수
펴 낸 이	|	이태권
책임편집	|	안여진
책임미술	|	박은정
펴 낸 곳	|	소담출판사
		서울특별시 성북구 성북로5길 12 소담빌딩 301호 (우)02880
		전화 | 02-745-8566 팩스 | 02-747-3238
		등록번호 | 1979년 11월 14일 제2-42호
		e-mail | sodambooks@naver.com
		홈페이지 | www.dreamsodam.co.kr
ISBN		979-11-6027-287-1 04860
		979-11-6027-283-3 04860 (세트)

- 책 값은 뒤표지에 있습니다.
- 잘못된 책은 구입하신 곳에서 교환해드립니다.

Françoise Sagan

마음의 파수꾼

프랑수아즈 사강 지음 | 최정수 옮김

Le garde du coeur

소담출판사

차례

마음의 파수꾼 —————— 9

작품 해설 —————— 186
역자 후기 —————— 192

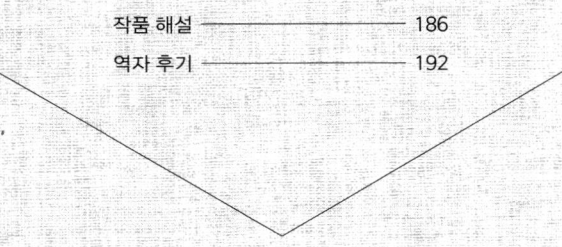

자크에게

물에 거품이 있듯,
땅에 거품이 있도다…….

「맥베스」 1막 3장

1

할리우드 근처, 샌타모니카의 해변 도로는 부르릉거리는 폴의 재규어 자동차 아래에 똑바르고 가차 없이 뻗어 있었다. 날씨는 덥고 습했으며, 대기에서는 휘발유와 밤의 냄새가 났다. 폴은 시속 150마일로 달리고 있었다. 그는 과속 운전을 하는 사람들 특유의 방심한 옆얼굴을 하고 있었고, 손에는 직업적인 운전사들이 끼는, 손가락뼈 부분에 섬세하게 구멍이 뚫린 장갑을 끼고 있었다. 그런 탓인지 그의 두 손이 내게는 조금 역겹게 느껴졌다.

내 이름은 도로시 시모어다. 마흔다섯 살이고, 이목구비에는 피로의 흔적이 약간 엿보인다. 내가 살아온 인생이 그렇게 되는 것을 전혀 막아주지 못했기 때문이다. 나는 시나리오 작가다. 웬만큼 성공도 했다. 그리고 아직 남자들에게 인기도 많다. 어떻게 보면 내 쪽에서 남자들을 좋아하기 때문인지도 모르겠다. 나는 할리우드를 창피스럽게 한 문제 인물에 속한다. 스물다섯 살에 어느 지적인 영화에 출연하여 여배우로서 전격적인 성공을 거머쥐었고, 스물다섯 살 반에 그렇게 번 돈을 탕진하고자 한 좌파 화가와 함께 유럽으로 떠났으며, 스물일곱 살에는 몇몇 소송 건에 휘말린 빈털터리의 이름 없는 여자가 되어 고향인 할리우드로 돌아왔다. 내게 지불 능력이 전혀 없었기 때문에 사람들은 어느 단계에서 소송을 취하했고, 나를 시나리오 작가로 써먹기로 결정했다. 영광스러운 내 이름이 발표되어도 냉정한 대중에게 더 이상 아무런 감흥도 불러일으키지 못할 텐데 말이다. 하지만 나는 그 사실이 오히려 기뻤다. 사인 공세, 사진사들, 명예는 언제나 나를 권태롭게 했기 때문이다. 나는 '큰 인물이 될 수도 있었던 여자'로 남았다(어떤 인디언 족장들처럼). 게다가 나는 건강 상태가 좋았고 상상력이 풍부했다. 이 두 가지는 아일랜드 출신인 할아버지에게 물려받은 유산이었다. 그리하여 내가 쓴 얼빠진 이야기가 총천연색 영화로 만들어져 내게 꽤 큰 명성을 안겨주었고, 놀랍게도 그것들이 괜찮은 돈벌이가 되었다. 이를테면 나는 RKB에서 제작한 시대물들의 시나리오를 많이 썼고, 때때로 내 악몽 속에 깊은 원한을 품은 클레오파트라가 등장하여 나에게 이렇게 말하곤 했다. "아니에요, 부인. 나는 '오, 내 마음의 군주여, 카이사르에게 가거라.'라고 말하지 않겠어요."

그날 밤 기다리는 동안, 내 마음의, 내 육체의 군주는 적어도 폴 브레트가 될 듯했다. 그러나 나는 벌써부터 하품을 하고 있었다.

하지만 폴 브레트는 무척 잘생긴 남자였다. 그는 RKB와 다른 많은 영화사의 이해관계를 대표하고 있었다. 그는 우아하고, 유쾌하고, 그림처럼 멋있는 남자였다. 우리 세대의 가장 위대한 두 요부인 여배우 파멜라 크리스와 루엘라 슈림프, 십 년 전부터 스크린 위에 남자들의 재산과 마음과 컬렉션용 파이프를 온통 탕진시키고 있는 그녀들이 결별한 후에는 눈물바람을 했을 정도로 차례로 그에게 홀딱 반했다. 폴은 그런 영광스러운 과거를 지니고 있었다. 그런데, 그런 상황에도 불구하고, 그날 저녁 그를 바라보면서 나는 그에게서 평범한 한 금발 남자만 보았을 뿐이다. 사십대의 금발 남자. 그 사실은 나를 의기소침하게 만들었다. 하지만 인정할 것은 인정해야 했다. 내 또래 여자라면 꽃과 전화 통화, 무언의 암시, 그리고 여러 사람과 어울려 함께 외출을 하며 한 남자와 팔 일쯤 보내고 난 뒤엔 그 남자에게 굴복해야 했다. 최소한 우리 고장에서는 그랬다. 내가 도착한 날, 우리는 새벽 두 시에 내 소박한 거처를 향해 시속 150마일로 자동차를 달렸다. 그리고 나는 그때만은 예외적으로 개인의 행동 속에서 성적인 관계가 갖는 중요성에 대해 크게 통탄했다. 나는 졸렸다. 그러나 나는 그 전날도, 그리고 사흘 전에도 졸려했고, 따라서 더는 졸리다는 말로 사태를 피할 명분이 없었다. 이해심 많은 폴의 "그야 물론이지, 내 귀여운 사람."이라는 말은 불가피하게 "도로시, 무슨 일이오. 뭐든 내게 말해봐요……."라는 말로 대체될 것이다. 나는 그것을 느끼고 있었다. 그러니까 나에게는 냉장고에서 얼음을 꺼내고 스카치 병을 찾아낸 뒤, 얼음 덩어리들을 즐겁게 찰그랑거리면서 폴에게 잔 하나를 건네고, 폴레트 고다르(Paulette Goddard, 1911~1990: 미국의 여배우. 〈모던 타임스〉, 〈하녀의 일기〉, 〈정복되지 않는 사람〉 등에 출연했다. 1936년 비밀리에 찰리 채플린과 결혼했으나 1940년 이혼했다—옮긴이)를 닮은 감미로운 포즈로 거실의 커다란 소파 위에 몸을 누이는 즐거운 의무가 부여되어 있었다. 그러면 폴은 나에게 다가와 키스를 할 것이고, 그런 다음엔 심오한 표정으로 이렇게 말할 것이다. "일어나야만 했던 일이오. 그렇지 않소?" 그랬다, 그 일은 일어나야만 했다.

나는 지독한 한숨을 토해냈다. 다음 순간, 폴이 뭔가에 짓눌린 듯한 외마디 소리를 질렀다.

헤드라이트 불빛 속에 한 남자가 미치광이처럼, 아니, 내가 프랑스의 들판에서 보았던 지푸라기로 만든 탈구된 허수아비처럼 허공으로 솟구쳐올라 우리를 향해 몸을 던졌다. 내 금발 남자가 반사신경이 뛰어났다는 점을 말해둬야겠다. 그는 급히 브레이크를 밟았고, 자동차는 그의 아름다운 동행자와 함께―나를 말하는 거다― 길 오른쪽 도랑에 처박혔다. 기묘한 장면들이 한동안 눈앞에 펼쳐졌고, 잠시 후 나는 한 손에 핸드백을 든 채 풀밭에 코를 처박고 있었다. 이상한 일이었다. 대개 나는 핸드백을 여기저기에 곧잘 흘리고 다녔으니 말이다(치명적인 사고가 일어나기 바로 직전에 어떤 반사신경이 작용하여 내가 그 핸드백을 꼭 붙잡게 만들었는지, 나는 결코 알 수 없으리라). 어쨌건 폴이 불안하고도 다정스러운 태도와 자신의 운명에 대해 안심한 목소리로 내 이름을 불렀고, 나는 커다란 안도감을 느끼며 다시 눈을 감았다. 그 미치광이는 자동차에 치이지 않았고, 나는 다치지 않았으며, 폴도 마찬가지였다. 밟아야 할 절차들과 정신적인 충격 등으로 인해, 나는 그날 밤 혼자서 잠을 잘 좋은 기회를 잡게 되었다. 나는 거의 꺼져가는 목소리로 중얼거렸다. "다 괜찮아요, 폴." 그리고 풀밭에 마음 편히 주저앉았다.

"이런 은총이 있나."

폴이 외쳤다. 그는 이 같은 소설적인 구식 표현들을 즐겨 사용했다.

"이런 은총이 있나. 아무 일도 아니오, 도로시. 정말이지 아까는 어떻게 생각했냐면……."

나는 그가 조금 전 어떤 생각을 했다는 건지 알 수 없었다. 다음 순간, 요란스러운 소음이 나면서 우리는 서로 얼싸안은 채 끔찍이도 강한 압력을 받으며 우리가 있던 도랑에서 10미터 옆으로 데굴데굴 굴러갔다. 나는 귀가 먹먹하고, 앞이 보이지 않고, 조금 화가 난 상태에서 그의 팔에서 빠져나와 그의 재규어 자동차가 불에 타는 모습을 바라보았다. 마치 횃불 같아, 활활 타오르는 아주 질 좋은 횃불. 나는 속으로 생각했다. 폴이 뒤따라 몸을 일으켰다.

"세상에, 휘발유가……."

그가 말했다.

"아직도 펄쩍 뛰어오를 일이 남아 있어요?"

내가 상당한 유머감각을 발휘하여 물었다.

그리고 나는 불현듯 미치광이의 존재를 떠올렸다. 혹시 그도 함께 불에 타버린 것은 아닐까? 서둘러 다시 몸을 일으키면서 보니, 스타킹 두 짝의 올이 풀려 있었다. 나는 길 쪽으로 달려갔고, 폴도 나를 따라왔다. 매캐덤 식(토목 관련 용어. 도로를 만들 때 바닥을 다지는 방식의 하나. 아스팔트에 돌멩이나 자갈을 섞어 쓴다 — 옮긴이) 포장도로 위에, 불을 피해 도망 나온 사람의 그림자 하나가 길게 누워 있었다. 그러나 그 그림자는 미동도 하지 않았다. 우선 불길에 그을려 적갈색이 된 머리카락이 눈에 들어왔다. 나는 어렵지 않게 그의 몸을 조금 돌려볼 수 있었고, 이내 어린아이 같은 한 남자의 얼굴이 눈에 들어왔다.

사람들이 나를 이해해주길. 나는 젊은 남자들, 유럽에서 '미네(멋부리는 젊은이라는 뜻 — 옮긴이)'라고 불리는 남자들을 결코 사랑한 적이 없었고, 사랑하지 않고, 앞으로도 사랑하지 않을 생각이었다. 나날이 높아만 가는 그들의 인기 — 내 많은 여자친구 사이에서, 그리고 다른 여자들 사이에서도 — 가 나는 늘 놀라웠다. 그것은 거의 프로이트적이었다. 젖 냄새가 채 가시지 않은 개구쟁이 청년들이 스카치 냄새를 풍기는 나이 든 여자들의 품안에 몸을 웅크릴 필요는 없는 것이다. 하지만 이글거리는 불빛을 받으며 길바닥에 누워 있는 그 청년의 얼굴, 젊지만 이미 꽤 딱딱하게 굳은, 나름대로 완벽한 그 얼굴은 내 마음을 호기심으로 가득 채웠다. 나는 그를 피해 달아나고 싶기도 했고, 그를 품에 안고 조용히 흔들어주고 싶기도 했다. 내게는 모성 콤플렉스가 전혀 없었다. 내가 무척 좋아하는 딸아이는 행복한 결혼을 하여 아이를 여럿 낳고 파리에서 잘 살고 있다. 그러나 그 아이는 여름에 내가 리비에라(리구리아 해海에 면한 이탈리아 라 스페치아에서 프랑스 칸까지의 해안. 산지가 바다까지 급격한 경사를 이루며 펼쳐지는 독특한 풍경과 따뜻한 기후 때문에 휴양지로 널리 알려져 있다—옮긴이)에서 한 달쯤 시간을 보내려는 생각을 할 때마다 자기 어린애들을 나에게 맡기려고 한다. 다행히 나는 혼자서 거의 여행을 하지 않았고, 그럼으로써 내 모성의 결핍을 편의 차원의 문제로 돌릴 수 있었다. 그날 밤으로, 루이스에게로 다시 돌아가도록 하자. 그 미치광이, 들판의 그 허수아비, 기절한 남자, 잘생긴 얼굴을 가진 그 청년의 이름이 바로 루이스였다. 나는 그의 심장에 손을 얹어보지도 못하고, 그가 살아 있는지 확인하지도 못한 채 한동안 그의 앞에 꼼짝 않고 서 있었다. 그렇게 그를 바라보고 있자니, 그가 살았는지 아니면 죽었는지의 여부는 내게 그다지 중요하지 않게 느껴졌다. 그건 두말할 필요 없이 기묘한 느낌이었고, 나중에 나는 그 느낌을 쓰

라리게 후회하게 된다. 그러나 사람들이 생각할 수 있는 상식에 속하는 의미에서 그렇다는 뜻은 아니다.

"그 사람 누구요?"

폴이 엄격한 목소리로 물었다.

할리우드 사람들에게 존경할 만한 점이 있다면, 모든 사람을 알고 싶어 하는 혹은 알아보고 싶어 하는 이런 괴벽이다. 폴은 자신이 한밤중에 치어 뭉개버릴 뻔한 이 청년을 그의 이름으로 부를 수 없는 것을 못마땅하게 생각했다. 나는 신경질이 났다.

"우리는 지금 칵테일 파티장에 있는 게 아니에요, 폴. 이 사람 어디 다친 것 같아요?……아!……."

그 미지의 청년의 머리 밑과 손 위에 갈색 액체가 흐르고 있었다. 피였다. 나는 그 액체의 뜨뜻한 온기와 끈적끈적한 감촉, 끔찍한 부드러움을 느낄 수 있었다. 폴도 나와 동시에 그것을 보았다.

그가 말했다.

"난 이 사람을 치지 않았소. 틀림없어요. 이 사람은 자동차가 폭발할 때 튄 파편에 맞은 게 분명해."

폴이 일어섰다. 그의 목소리는 고요하고도 확고했다. 그 대목에서 나는 루엘라 슈림프의 눈물바람을 희미하게나마 이해할 수 있었다.

"움직이지 말아요, 도로시. 내가 전화를 걸고 오겠소."

그는 저 멀리에 보이는, 검은색 그림자를 드리우고 있는 집들을 향해 성큼성큼 걸어갔다. 나는 아마도 죽어가고 있을 그 청년 옆에 무릎을 꿇은 채 길 위에 홀로 남겨졌다. 갑자기 그 청년이 눈을 뜨더니, 나를 바라보고는 미소를 지었다.

2

"도로시, 당신 미쳤소?"

이런 질문은 내가 대답하기 가장 곤란한 질문이었다. 게다가 그 질문은 폴의 입을 통해 내게 제기되었다. 폴은 우아한 짙은 파란색 블레이저 코트(남성 상의의 일종. 화려한 원색이나 굵은 줄무늬의 옷감으로 만들며, 테일러 칼라에 금속 단추, 문장紋章이 수놓인 것이 특징이다─옮긴이)를 입은 채 엄격한 표정으로 나를 바라보고 있었다. 우리는 내 집 베란다에 있었고, 나는 정원사 복장, 즉 낡은 리넨 바지에 빛 바랜 꽃무늬 블라우스, 그리고 머리에는 스카프를 세모꼴로 접어 둘러쓰고 있었다. 나는 한 번도 정원을 가꾸어본 적이 없었기 때문에, 전지가위만 봐도 불안했다. 하지만 나는 그렇게 변장하는 것을 무척이나 좋아했다. 그래서 매주 토요일 저녁이면 내 이웃들처럼 정원사 복장을 했다. 그러나 나는 고장난 잔디 깎는 기계를 잔디밭 위에서 끌고 가는 대신, 제멋대로 자란 화단의 잡초를 뽑는 대신, 위스키가 담긴 커다란 잔 하나를 앞에 놓고 손에는 책 한 권을 든 채 베란다에 자리를 잡고 앉아 있었다. 여섯 시에서 여덟 시 사이에 내가 한 일이 바로 이것이었고, 그때 폴이 불쑥 찾아왔다. 내가 죄인이고 무시받고 있다는 느낌이 들었다. 이 두 감정은 강도 면에서 거의 비슷했다.

"당신, 사람들이 시내에서 모두 당신이 최근에 한 괴상한 행동에 대해 수군거리고 있다는 것 알고 있소?"

"모두요, 모두."

내가 겸허하면서도 의심쩍은 표정으로 되뇌었다.

그가 물었다.

"제발 말 좀 해봐요. 저 청년 당신 집에서 대체 뭘 하고 있는 거요?"

"청년은 기운을 차리고 있어요, 폴. 기운을 차리는 중이라고요. 하지만 다리 한쪽이 많이 망가졌어요. 그는 빈털터리에 가족도, 아무것도 없다는 것 당신도 잘 알잖아요."

폴이 숨을 골랐다.

"내가 걱정하는 게 바로 그 점이오, 도로시. 당신의 그 비트족(1950년대 중반 샌프란시스코와 뉴욕을 중심으로 대두된 보헤미안적 예술가 그

룹을 일컫는 명칭에서 파생된 말로, 현대 산업사회에서 이탈하여 빈곤을 감수하며 개성을 드러내려 한 세대를 뜻한다. 무정부주의적 색채가 짙으며, 재즈·술·마약·선禪 등에 도취하여 지복의 경지에 도달하려 했다—옮긴이) 청년이 내 자동차 밑에 몸을 던졌을 때 LSD에 잔뜩 취해 있었다는 사실도 포함해서 말이오."

"하지만 폴, 그 일에 대해서는 그가 당신에게 직접 설명했잖아요. 약물의 영향 때문에 당신을 알아보지도 못했고, 당신의 자동차가 자동차로 보이지도 않았다고요. 그는 자동차 헤드라이트를 다른 뭔가로 착각한 거라고요."

갑자기 폴의 얼굴이 붉어졌다.

"나는 그때 그 청년이 무슨 생각을 했는가 따위에는 관심 없소. 그 바보 같은 부랑자 녀석은 우리가 자기를 죽일 뻔하게 만들었고, 당신은 그 사고가 있던 다음다음 날 그를 당신 집으로 데려왔어요. 그러고는 그를 손님방에 머물게 하고 식사까지 날라다주고 있어요. 만에 하나 어느 날 그가 당신을 닭이나 아니면 뭐든 자기 편한 것으로 착각하고 죽이려 들면 어쩔 셈이오? 아니면 그가 당신 보석들을 가지고 내빼기라도 하면?"

나는 반론을 폈다.

"이봐요, 폴. 나를 닭으로 착각한 사람은 지금까지 단 한 명도 없었어요. 내 보석들에 대해서 말하자면, 별 볼일 없는 것들이어서 대단한 값이 나가지도 않고요. 어쨌든 그를 길바닥에 내버릴 수는 없잖아요. 게다가 지금 그는 반쯤 불구자나 다름없다고요."

"그 녀석을 병원에 계속 놓아둘 수도 있었잖소."

"그는 그 병원이 너무 음산하다고 생각했어요. 사실이 그렇기도 했고요."

폴은 낙담한 표정을 짓더니 내 맞은편에 놓인 등나무 의자에 앉았다. 그리고 기계적인 몸짓으로 내 술잔을 집어들고는 잔에 담긴 술을 반쯤 마셨다. 나는 무척 화가 났지만 그가 하는 대로 내버려두었다. 그는 한눈에 보기에도 흥분이 극에 달해 있었다. 그가 기묘한 눈길로 나를 바라보며 물었다.

"당신 정원을 가꿨소?"

나는 그렇다는 뜻으로 고개를 여러 번 끄덕였다. 어떤 남자들이 여자들로 하여금 어쩔 수 없이 거짓말을 하게 만든다면, 폴은 끊임없이 뭔가를 확인하고 싶어 했다. 그러나 정말이지 나는 악의 없는 내 토요 활동에 대해 폴에게 설명할 수가 없었다. 만약 그런다면 그는 미친 여자라고 또 한 번 나를 비난할 터였다. 나는 그가 옳은 건지 그른 건지 자문해보았다.

"그건 말이 안 되는데."

그가 정원을 향해 눈을 슬쩍 한 바퀴 돌린 후 말했다.

비참하게도 내 정원은 사실상 정글이나 다름없었다. 그런데도 나는 어쨌건 기분 상한 표정을 해보이며 말했다.

"난 내가 할 수 있는 만큼 해요."

그가 다시 물었다.

"머리에 있는 그건 뭐요?"

나는 머리카락에 손을 넣어 마치 나뭇잎처럼 하얗고 얇은 대팻밥 두어 개를 떼어냈다. 나는 당황해서 가만히 있었다.

"대팻밥이에요."

"그야 나도 잘 알아요. 게다가 땅에 그것들이 꽤 많이 있군. 정원 가꾸기 외에 목공 일에도 투신했소?"

폴이 비꼬듯이 말했다.

그 순간 하늘에서 가벼운 대팻밥 하나가 살랑살랑 내려와 그의 머리 위에 내려앉았다. 나는 얼른 눈을 들었다.

"아! 그래요. 어떻게 된 건지 알았어요. 루이스가 자기 침대 위에서 나무로 두상 하나를 조각하고 있거든요. 심심풀이로요."

내가 말했다.

"그래서 우아하게도 창문을 통해 그 부스러기를 보내온 건가? 멋있기도 해라."

나 역시 신경이 조금 날카로워졌다. 루이스를 집 안으로 불러들인 것은 아마도 잘못된 행동일 거다. 하지만 그건 자비심에서 우러나온 임시적인 조치였고, 다른 생각은 없었다. 그리고 폴은 나에게 이래라 저래라 할 권리가 없었다. 나는 그 사실을 폴에게 분명하게 알리기로 마음먹었다. 그러자 그는 자신이 나에게 그럴 권리가 있다고 대답했다. 분별 있는 모든 남자가 분별 없는 여자에 대해 가지는, 말하자면 그 여자를 보호할 의무를 갖고 있다고. 그는 그 외에 다른 객쩍은 소리들도 했다. 우리는 논쟁을 벌였고, 그는 화를 내며 떠나버렸다. 미지근한 위스키 잔 앞에, 등나무 의자 위에 지쳐서 기진맥진한 상태인 나를 홀로 남겨놓은 채. 시간이 꽤 흘렀고, 잡초가 무성하게 자라난 잔디밭 위에 벌써 저녁 그림자가 드리우고 있었다. 폴과 논쟁을 벌인 탓에 그와 함께 참석하기로 했던 파티에 참석하지 못하게 되어 내 저녁 시간은 비어버릴 전망이었다. 남겨진 것이라고는 대개 나를 퍽이나 따분하게 만드는 텔레비전과 식사를 가져다줄 때 루이스가 하는, 너무 빨라서 알아듣기 어려운 몇 마디 말뿐이었다. 나는 그처럼 조용한 사람을 한 번도 본 적이 없었다. 그는 사고가 난 다음다음 날 병원에서 나가겠다는 자신의 결정을 알릴 때만 분명하게 의사 표현을 했고, 내 집에 와서 지내라는 나의 제안을 당연하다는 듯 받아들였다. 그날 나는 기분이 무척 좋은 상태였다. 그리고 그 정도가 조금 지나쳤던 것 같다. 고맙게도 모든 남자가 자신의 형제이며 아들처럼 느껴지고 그를 돌봐줘야 한다는 사명감을 느끼게 되는, 정말 드문 그런 순간 말이다. 그리하여 루이스가 퇴원한 이후 나는 그를 먹여살리고 있다. 그는 한쪽 다리의 붕대를 직접 고쳐 감으며 내 집 침대 위에 무기력하게 누워 있다. 그는 독서를 하지 않았고, 라디오도 듣지 않았으며, 이야기도 하지 않았다. 때때로 그는 내가 정원에서 가져다준 죽은 나뭇가지로 기묘한 물건들을 만들어내곤 했다. 그렇지 않으면 무표정한 얼굴로 창 밖을 고집스레 바라보곤 했다. 나는 그런 그가 혹시 바보가 아닌지 궁금했고, 그런 생각이 그의 잘생긴 외모와 결합되어 더욱 낭만적으로 느껴졌다. 그의 과거, 그의 목표, 그의 인생에 관한 수줍은 내 몇 가지 질문에 대해서는 늘 "흥미로울 게 별로 없어요."라는 같은 대답이었다. 그는 어느 날 밤 우리 자동차 앞에서, 길 위에서 발견되었다. 그의 이름은 루이스다. 이상 끝. 요컨대 나는 이러한 사실이 매우 편안하게 느껴졌다. 나는 사람들과 이야기하는 것을 피곤해했고, 사람들이 대개 내게 이야기를 면제해주지 않는다는 것은 분명한 사실이었으니까.

나는 주방으로 가서 통조림들을 따서 맛있는 저녁 식사를 재빨리 만든 뒤 그것을 쟁반에 차려들고 계단을 올라갔다. 그리고 루이스의 방문을 노크한 뒤 안으로 들어가 그의 침대 위에 쟁반을 내려놓았다. 침대는 온통 대팻밥투성이였다. 나는 폴의 머리 위에 내려앉던 대팻밥을 떠올리며 웃음을 터뜨렸다. 루이스가 당황한 표정으로 눈을 들었다. 그는 고양이과 동물처럼 찢어진 눈을 갖고 있었다. 검은 눈썹 아래에 자리잡은, 굉장히 맑은 청록색 눈이었다. 이 눈을 볼 때마다 나는 기계적으로 이런 생각이 들곤 했다. 이 눈 하나만으로도 컬럼비아 영화사가 계약을 맺자며 덤빌 거라고.

"당신 웃는 거예요?"

그가 주저하며 조금 쉰 목소리로, 조그맣게 물었다.

"조금 아까 네가 만들어낸 이 대팻밥 중 하나가 창문을 통해 날려와 폴의 머리 위에 떨어졌고, 그가 그것 때문에 화를 냈거든. 그것 때문에 웃은 거야."

"그가 많이 아파했나요?"

나는 어리둥절해서 루이스를 바라보았다. 그건 그가 한 최초의 농담이었다. 아니, 적어도 나는 그것이 농담이기를 바랐다. 나는 멍청한 표정으로 빙그레 웃었고, 이내 끔찍이도 불편한 마음이 되었다. 폴이 옳았다. 토요일 저녁에, 외딴집에서, 머리가 약간 돈 이 청년과 단둘이서 대체 내가 무엇을 하고 있단 말인가? 나는 친구들과 함께 춤을 추거나 웃고 있을 수도 있었다. 심지어 친애하는 폴 아니면 다른 누군가와 함께 가벼운 연애질을 하며 시시덕거릴 수도 있었다…….

루이스가 물었다.

"외출 안 하세요?"

나는 씁쓸하게 대답했다.

"안 해. 그런데 혹시 내가 너를 방해한 거 아니야?"

그리고 즉시 내가 한 말을 후회했다. 그 말은 사람을 무료로 숙박시켜주는 일의 모든 법칙에 위배되는 말이었다. 그러나 바로 그 순간 루이스가 웃음을 터뜨렸다. 어린아이 같고, 다정하며, 황홀한 웃음이었다. 돌연 그는 자신의 나이를 되찾았고, 영혼을 되찾았다. 단지 그 웃음의 미덕만으로.

"많이 따분하세요?"

내 허를 찌르는 질문이었다. 존재 자체라 할 수 있는 이 기묘한 잡동사니 속에서 사람이 자신이 많이 따분한지 조금 따분한지, 아니면 잘 모르겠는지 알 수 있는 걸까? 나는 부르주아다운 대답을 했다.

"난 시간이 없어. 나는 RKB에서 일하는 시나리오 작가야. 그래서……."

"저기서요?"

그가 왼쪽을 향해 턱짓을 했다. 그의 턱은 로스앤젤레스의 거대한 변두리에 위치한 반짝이는 샌타모니카 만(灣), 비벌리힐스, 영화 스튜디오, 영화사 사무실들을 불분명하게 가리키고 있었고, 똑같은 경멸 속에 그것들을 모두 포괄하고 있었다. 경멸이라는 표현은 조금 센 것 같다. 그러나 어쨌든 무관심보다는 좀 더 나쁜 의미였다.

"그래, 저기. 나는 그렇게 밥벌이를 해."

나는 신경이 곤두섰다. 삼 분이라는 시간 동안 이 미지의 청년 때문에 처음엔 나 자신이 비루하게 느껴지고, 그 다음엔 무용하게 느껴졌다. 사실 그 어리석은 직업이 매달 모았다가 매달 써버리는 몇 푼의 달러가 아닌 그 어느 곳으로 날 데려간단 말인가? 그러나 LSD를 복용하는 무능력한 부랑아에 때문에 이런 죄책감을 느끼는 것은 분명 터무니없는 일이었다. 나는 그런 종류의 약물에 절대 반대하지는 않았지만, 대개의 경우 그렇듯 사람들이 자신의 기호를 뭔가를 경멸하는, 뿐만 아니라 그 기호를 공유하지 않는 사람들까지 경멸하는, 하나의 철학으로 변모시키는 것은 탐탁해하지 않았다.

"밥벌이를 한다고요, 밥벌이를……."

그가 꿈꾸는 듯한 목소리로 되뇌었다…….

"요즘 유행하는 말이야."

내가 말했다.

"그것 참 유감이네요! 나라면 아무런 이유 없이도 다른 사람들을 살게 만들어주는 사람들로 가득했던 시절의 플로렌스에서 살고 싶을 거예요."

"그들은 조각가나 화가 혹은 작가들을 살게 해줬지. 너 혹시 그런 예술 중 하나를 하고 있니?"

그가 고개를 젓더니 말했다.

"그들은 아마 그냥 그들 마음에 드는 사람들을 살게 해줬을 걸요. 그냥, 아무 이유 없이 말이에요."

나는 베티 데이비스(Bette Davis, 1908~1989: 미국의 여배우. 다감하고 지성적인 연기로 인정받았다. 〈청춘의 항의〉, 〈소문난 여자〉, 〈이브의 모든 것〉 등에 출연했다 - 옮긴이) 같은 냉소적인 웃음을 터뜨렸다.

"넌 지금 여기서 그걸 아주 잘 실감할 수 있겠구나."

나는 이렇게 말하고 나서 왼쪽을 향해 방금 그가 한 것과 똑같은 턱짓을 했다. 그가 눈을 감았다.

"저는 '아무 이유 없이'라고 말했어요. 그렇죠, 그게 아무것도 아닌 건 아니죠."

그가 너무나 확신에 찬 목소리로 "그렇죠."라고 말했기 때문에 나는 갑자기 그가 꺼낸 주제에 관한 좀더 기상천외한 질문들이 잔뜩 떠올랐다. 내가 이 녀석에 대해 무엇을 알고 있을까? 이 녀석은 누군가를 미치도록 사랑했던 걸까? 사람들은 그런 사랑을 광기라고 부르지만, 내게는 언제나 그것이 사랑의 유일한 분별 있는 형태로 여겨졌다. 이 녀석을 재규어 자동차의 바퀴 아래로 떠민 것은 우연이었을까? 아니면 약물 때문이었을까? 혹은 절망 때문에? 그는 다리의 부상에서 회복하면서 동시에 마음도 회복하는—쉬는—중일까? 그는 하늘을 향해 던지는 고집스러운 눈길을 통해 어떤 얼굴 하나를 그려내고 있는 걸까? 문득 소름 끼치는 반사신경이 내가 총천연색 초대작(超大作) 영화 〈단테의 생애〉 속에 이 표현을 사용했다는 사실을 상기시켰다. 나는 그 영화에 첨단의 에로티시즘을 도입하느라 큰 곤란을 겪었다. 영상과 따로 나가는 내레이션이 목소리를 높여가고, 그러는 동안 투박한 중세풍의 책상에 앉아 있던 가여운 단테는 가장자리가 톱니 모양으로 되어 있는 원고에서 고개를 든다. 목소리가 중얼거린다. "그는 하늘을 향해 던지는 고집스러운 눈길을 통해 어떤 얼굴 하나를 그려내고 있는 걸까?" 그것은 관객들 스스로 긍정적으로 풀어야 하는 문제였고, 나 역시 그 답이 긍정적이기를 바랐다.

그리하여 나는 마치 내가 글을 쓰고 있는 것처럼 생각을 하게 되었다. 만약 내가 문학에 대한 아주 작은 야망이나 아주 작은 재능이라도 갖고 있었다면, 나는 무척 황홀했을 것이다. 유감천만이다……. 나는 루이스를 바라보았다. 그는 다시 눈을 뜨고 있었다. 나를 뚫어져라 바라보고 있었다.

"당신 이름이 뭐예요?"

"도로시, 도로시 시모어야. 내가 전에 말 안 했던가?"

"아뇨."

나는 그의 침대 발치에 앉아 있었다. 창을 통해 저녁 공기가 흘러들어왔다. 바다 냄새가 실린 공기, 내가 처음 들이마셨던 사십오 년 전부터 지금까지 잔인하다 할 정도로 변함없는, 너무나 강렬한 냄새를 풍기는 그 공기가. 나는 앞으로 얼마나 오랫동안 이 공기를 기분 좋게 들이마실까? 지나간 해들, 입맞춤들, 남자들의 더운 몸에 대한 향수가 엄습하기까지 얼마나 오랫동안? 나는 폴과 결혼해야 할까? 내 건강과 도덕적 균형에 대한 한없는 자신감을 버려야 할까? 누군가가 이 피부를 만지고 싶어 할 때, 여기서 자기 몸을 덥히고 싶어 할 때 느긋하게 받아들이는 건 쉬운 일이다. 하지만 그 다음엔? 그렇다, 그 다음엔? 그 다음엔 틀림없이 정신과 의사가 등장할 것이다. 그 생각만 하면 나는 심기가 뒤집혔다.

"당신 슬픈 표정을 하고 있네요."

루이스가 말했다. 그가 내 손을 잡고는 골똘히 들여다보았다. 나 역시 그것을 들여다보았다. 우리는 둘이 함께 별나고 예기치 않은 흥미를 갖고 내 손을 들여다보았다. 그는 내 손을 잘 알지 못했기 때문에 들여다보았고, 나는 내 손이 루이스의 손가락 사이에서 뭔가 다른 특성을 지니게 되었기 때문에 들여다보았다. 그 손은 하나의 물체처럼 보였고, 더 이상 내 몸의 일부가 아니었다. 지금까지 이렇게 전혀 동요하지 않고 내 손을 잡은 사람은 아무도 없었다.

"당신 몇 살이세요?"

아연한 목소리로 사실을 말하는 내 목소리가 들렸다.

"마흔다섯 살이야."

그가 말했다.

"당신은 운이 좋네요."

나는 어리둥절하여 그를 바라보았다. 그는 스물여섯 살쯤 되어 보였다. 어쩌면 그보다 더 어린지도 몰랐다.

"운이 좋다고? 어째서?"

"그 나이까지 살아왔으니까요. 그건 좋은 일이죠."

그가 내 손을 놓아주었다. 아니, 좀 더 정확히 표현하자면(이것이 내가 받은 인상이었다), 그는 그 손을 내 손목에 다시 걸어놓았다. 그런 다음 고개를 돌리고 눈을 감았다. 나는 일어섰다.

"그럼 쉬어, 루이스."

"쉬세요, 도로시 시모어."

그가 온화한 목소리로 대꾸했다.

나는 조용히 문을 닫고 베란다로 다시 내려갔다. 이상하게도 나 자신이 만족스러웠다.

3

"당신도 알겠지만, 난 돌이킬 수 없어요. 나는 절대로 돌이킬 수 없을 거라고요."

"사람은 뭐든 돌이킬 수 있는 법이지."

"아뇨. 당신과 나 사이에는 인정으로 해결할 수 없는 뭔가가 있어요. 당신도 그걸 느낄 거예요. 당신은…… 그걸 알아야 해요. 그걸 알지 않으면 안 돼요."

나는 이 흥미진진한 대화의 집필을, 내 최신 창작물의 집필을 중단하고 루이스에게 묻는 듯한 눈길을 던졌다. 그가 눈썹을 치켜올리더니 미소 지었다.

"당신은 그런 게 있다고 믿어요? 인정으로 해결할 수 없는 뭔가가요?"

"이건 나의 이야기가 아니야. 이 이야기는 프란츠 리스트와……."

"당신은 어떻게 생각하는데요?"

나는 웃음을 터뜨렸다. 나는 이 질문의 답을 알고 있었다. 삶은 때로 내게 사람의 힘으로는 해결할 수 없는 냉혹한 것으로 여겨졌고, 어떤 사랑들은 실제로 돌이킬 수 없다고 생각하게 만들었다는 것을. 그리고 나는 마흔다섯 살이 되어 여기에, 내 정원 안에, 아주 가벼운 마음으로 앉아 있다. 아무도 사랑하지 않는 채로.

"난 그렇다고 믿었어. 그러는 너는?"

"난 아직은 아니에요."

그가 눈을 감았다. 우리는 조금씩 대화를 나누기 시작한 참이었다. 그에 대해, 나에 대해, 그리고 우리의 생활에 대해. 저녁에 내가 스튜디오에서 돌아오면, 루이스는 지팡이 두 개에 몸을 의지하고 자기 방에서 내려와 등나무 의자에 몸을 뉘었고, 우리는 스카치를 마시며 저녁이 내려앉는 모습을 바라보곤 했다. 나는 집에 돌아와 그를 만나는 것이, 평온하고 기묘하며, 미지의 짐승처럼 쾌활하면서도 과묵한 그를 만나는 것이 무척 기분 좋았다. 물론 그냥 기쁠 뿐이었다. 그 어떤 의미로도 그를 사랑하지는 않았다. 만약 다른 상황이었다면 그의 아름다움이 오히려 나를 두

렵게 했을 것이고, 혐오감마저 불러일으켰을 텐데 말이다. 왜 그런지 이유는 모르겠다. 그는 지나치게 매끈하고, 날씬하고, 완벽했다. 그렇다고 해서 결코 여성적이지는 않았다. 그를 보고 있으면 프루스트가 말한 선택된 종족이 생각났다. 그의 머리칼은 깃털 같았고, 피부는 비단 같았다. 한마디로, 그는 내가 남자들에게서 발견하는 어린아이 같은 거친 부분이 전혀 없었다. 심지어 나는 그가 면도는 하는지, 면도를 할 필요는 있는지 궁금했다.

그가 한 이야기에 따르면, 그는 북부의 청교도 집안 출신이었다. 확실치 않은 공부를 그럭저럭 마친 뒤 도보로 집을 떠났고, 떠돌아다니는 젊은 남자가 할 수 있는 다양한 직업을 섭렵했으며, 마침내 샌프란시스코까지 다다랐다고 했다. 거기서 그와 같은 부류의 부랑자들과 만났고, LSD 과용, 자동차 드라이브, 패싸움 등을 거친 뒤 그가 지금 있는 곳인 내 집까지 오게 된 것이다. 몸이 회복되면 그는 다시 떠날 것이다. 어디로 갈지는 알 수 없지만. 우리는 인생에 대해, 예술에 대해 이야기했다. 그는 결핍된 부분이 굉장히 많았지만 교양은 있었다. 한마디로 우리는 대부분의 사람들의 눈으로 볼 때 두 인간 존재가 맺을 수 있는 매우 진화되고 기묘한 관계를 맺고 있었다. 그런데 루이스는 지나간 내 사랑들에 대해 끊임없이 질문을 하면서도 자신의 사랑에 대해서는 절대 이야기하지 않았다. 그것은 그 상황에 존재하는 유일한 그늘이자, 또 다른 관점으로 볼 땐 그 나이의 청년에게 가장 걱정되는 그늘이었다. 그는 '여자들' 또는 '남자들'이라는 말을 초연하고 감흥 없는 어조로 입에 올렸다. 하지만 나는 이 나이가 되고 보니 상냥한 억양 없이는, 뒤죽박죽된 옛 기억을 떠올리며 뿌듯한 기분을 느끼지 않고는 '남자들'이라는 말을 입에 올릴 수 없었다. 때때로 나는 그런 나 자신이 천하고 냉정하게 느껴졌다.

루이스가 물었다.

"인정으로 해결할 수 없다는 느낌을 언제 받았어요? 당신 첫 남편이 떠났을 때?"

"맙소사, 그렇지 않아."

이 대목에서 나는 오히려 안도감을 느꼈다.

"너도 알겠지만, 추상예술은 늘 그러게 마련이잖아…… 실제로 프랭크가 떠났을 때, 그래, 그때 나는 마치 병든 짐승 같았어."

"프랭크가 누구예요? 두 번째 남편?"

"그래, 두 번째 남편이야. 그는 특별한 데는 전혀 없지만, 너무나 명랑하고 상냥하고 행복한 사람이었어……."

"그런데 그가 당신을 떠났어요?"

"루엘라 슈림프가 그에게 홀딱 반했거든."

그는 흥미가 당기는 듯 눈썹을 치켜올렸다.

"그건 그렇고, 너 루엘라 슈림프라는 여배우에 대해 들어본 적 있니?"

루이스가 모호한 몸짓을 해서 나는 화가 났다. 그러나 무시하고 그냥 넘어갔다.

"말하자면 프랭크는 우쭐해지고 기분이 좋았던 거지. 그리고 그 여자와 결혼하기 위해 나를 떠났어. 그래서 난 마리 다구(Marie d'Agoult, 1805~1876: 프랑스의 문필가. 『1848년 혁명 이야기』, 『단테와 괴테』, 『넬리다』 등의 저작을 남겼으며, 프란츠 리스트와의 사이에 세 명의 아이를 두었다—옮긴이)처럼 절대로 돌이킬 수 없을 거라 생각했던 거야. 무려 일 년이 넘는 시간 동안 말이야. 놀랍니?"

"아뇨. 그래서 그 후엔 어떻게 되었죠?"

"이 년 뒤 루엘라는 다른 남자에게 반했고, 프랭크가 타락하도록 방치했어. 그는 시답잖은 영화를 세 편이나 찍어대더니 급기야는 술을 마시기 시작했지. 인생에 종지부를 찍은 거야."

잠시 침묵이 흘렀다. 루이스가 작게 신음을 내뱉더니, 자기 흔들의자에서 일어서려고 했다. 나는 깜짝 놀랐다.

"괜찮아?"

그가 대답했다.

"통증이 느껴져요. 아무래도 다시 걸을 수 없을 것 같아요."

나는 불구자가 된 그와 영원히 동거하는 상상을 잠시 해보았다. 그런데 이상하게도 그런 상상이 불합리하거나 불쾌하게 느껴지지 않았다. 아마도 내가 두 팔에 무거운 짐을 떠안아야 하는 나이에 다다른 것이리라. 어쨌든 나는 나 자신을 잘 지킬 것이고 잘 싸울 것이다. 오랫동안.

"여기 그냥 있어. 만약 네 이빨이 주저앉으면 내가 부이이(우유에 보릿가루를 넣어 만든 죽―옮긴이)를 만들어줄 테니까."

내가 쾌활한 어조로 말했다.

"내 이빨이 왜 주저앉아요?"

"오랫동안 누워서만 지내면 그런 일이 일어날 것 같아. 이치에 닿지 않는 말이라는 거 인정해. 이빨은 중력의 관점에서 보면 사람이 꼿꼿이 서 있을 때 주저앉을 것 같지. 하지만 그렇지가 않아."

그는 폴의 눈빛을 조금 닮은, 엉큼하면서도 사랑스러운 눈길로 나를 바라보았다.

"당신은 재미있는 사람이에요. 그리고 당신도 알겠지만, 나는 절대 당신을 떠날 수 없을 거예요."

그렇게 말한 뒤 그는 눈을 감고 희미한 목소리로 시집을 가져다달라고 부탁했고, 나는 그의 마음에 들 만한 시집을 찾으러 서재로 갔다. 그것은 우리가 치르는 의식(儀式) 중 하나였다. 나는 그를 깨우지 않기 위해 혹은 자극을 주지 않기 위해 월트 휘트먼에 관한 로르카(Federico Garcia Lorca, 1898~1936: 스페인의 시인 겸 극작가. 시집 『노래의 책』, 『집시 가집』으로 유명하며, 극작가로서 연극의 보급, 고전극 부활에도 힘썼다—옮긴이)의 시를 낮은 목소리로 부드럽게 낭송했다.

"하늘에는 인생이 피할 곳이 있고,
육체들은 새벽에 다시 모습을 드러내야 한다."

4

 그 소식을 들었을 때, 나는 한창 일하는 중이었다. 좀 더 정확히 말하면, 마지못해 지어낸 마리 다구와 프란츠 리스트 사이의 격정적인 대화를 비서에게 받아쓰게 하고 있었다. 그 전날 노딘 듀크가 리스트 역할을 할 거라는 사실을 알게 되었고, 그 갈색 피부의 건장한 근육남이 리스트 역할을 어떻게 해낼지 잘 상상이 안 되었기 때문이다. 하지만 영화에는 그런 치명적이고, 괴상하고, 다다이즘(제1차 세계대전 말부터 유럽과 미국을 중심으로 일어난 예술운동. 과거의 모든 예술형식과 가치를 부정하고 비합리성, 반도덕, 비심미적인 것을 찬미했다—옮긴이)적인 실수들이 존재한다. 아무튼 문제의 전화벨이 울렸을 때 나는 울먹이고 있는 내 소중한 비서―그녀는 감수성이 극도로 예민하다―의 귀에 '돌이킬 수 없는 어떤 것'에 관한 대목을 읊조리고 있었다. 그녀가 전화를 받았다. 그녀는 요란하게 코를 푼 뒤 나에게 몸을 돌리고 말했다.

"폴 브레트 씨에요, 선생님. 긴급한 일이시라는데요."

나는 전화기를 넘겨받았다.

"도로시? 소식 들었소?"

"아뇨. 못 들은 것 같은데요."

"도로시…… 그게…… 프랭크가 죽었소."

나는 아무 대답 없이 가만히 있었다.

그가 흥분해서 말을 이었다.

"당신 전 남편 프랭크 세일러 말이오. 그가 지난밤에 자살했소."

"그럴 리가요."

내가 말했다.

나는 생각했다. 프랭크는 어떤 종류의 용기도 없는 사람이었다. 매력이라면 전부 갖추고 있었지만, 용기라고는 약에 쓰려고 해도 없었다. 그리고 내 생각에 자살을 하려면 큰 용기가 필요했다. 할 일이 자살밖에 없지만 자살에 성공하지 못한 많은 사람을 생각해봐도 충분히 알 수 있는 사실이었다.

폴의 목소리가 다시 들렸다.

"정말이오. 그는 오늘 아침 당신 집 근처에 있는 초라한 모텔에서 자살했소. 아무런 설명도 없이."

내 심장이 느리게 고동쳤다. 너무나 거세고 너무나 느리게. 프랭크…… 프랭크의 명랑함, 프랭크의 웃음, 프랭크의 피부…… 그리고 죽음. 그건 이상했다. 마치 경박한 사람의 죽음이 진지한 사람의 죽음보다 우리에게 더 큰 충격을 주는 것처럼. 나는 그의 죽음을 믿을 수가 없었다.

"도로시…… 내 말 들리오?……."

"듣고 있어요."

"도로시, 당신이 가봐야 하오. 당신도 알다시피 그는 가족이 없고, 루엘라는 로마에 있소. 유감이지만 형식적인 절차상 당신이 가봐야 해요. 내가 당신 집으로 데리러 가겠소."

그가 전화를 끊었다. 나는 비서―그녀의 이름은 캔디였다. 그 이유는 하느님만 아실 것이다―에게 전화기를 건넨 뒤, 다시 자리에 앉았다. 그녀는 내가 자기를 소중하게 여기도록 만들 기회가 왔다는 표정으로 나를 바라보더니, 일어나서 '자료'라고 쓰여 있는 서랍 하나를 열고는 그 안에 들어 있는 시바스(스카치 위스키 상표명―옮긴이) 병의 마개를 따서 나에게 내밀었다. 나는 멍한 느낌으로 그것을 한 잔 가득 따라 마셨다. 사람들이 충격에 빠진 사람에게 알코올을 주는 이유를 나는 안다. 알코올은 그런 경우에 명백히 해롭지만, 우리에게 육체적 반항과 거부의 본능을 일깨워주기 때문이다. 그러므로 알코올은 그 무엇보다도 수월하게 우리를 마비 상태에서 끌어낸다. 위스키를 마시니 목구멍과 입천장이 타는 듯했다. 나는 공포에 질린 채 정신을 차렸다.

"프랭크가 죽었어."

내가 말했다.

캔디가 손수건으로 얼굴을 훔쳤다. 사실 그동안 나는 영감이 떠오르지 않을 때마다 그녀에게 내 가련한 인생에 대해 자주 이야기했고, 그녀 쪽에서도 마찬가지였다. 다시 말하면 그녀는 프랭크가 누구인지 알고 있었고, 나는 그 사실에서 위안을 이끌어냈다. 그의 존재를 모르는 누군가와 함께 있는 자리에서 그의 죽음을 알게 되는 것은 견딜 수 없는 일일 것이다. 그 가여운 사람이 오래전부터 행방불명이었을 뿐만 아니라, 그가 대중에게 알려진 사람이었다는 사실조차 잊혀버렸다는 것은 모두 아는 사실이다. 그건 끔찍한 일이다. 명예라는 것은 지속되지 않으면 역겨운 것이 된다. 너무나 잘생겼고, 루엘라 슈림프가 탐냈던 내 남편 프랭크, 나와 함께 웃곤 했던 프랭크는 사람들이 그에게 헌

정할 모호하고 짤막한 신문기사를 통해, 그의 자살이 야기할 부주의하고 심술궂고 저열하고 모호한 메아리를 통해 두 번 죽게 될 터였다.

폴이 바람처럼 나타났다. 그는 포옹은 하지 않고 다정하게 내 팔을 붙잡았다. 포옹을 하게 되면 나는 즉시 눈물을 펑펑 쏟아낼 것이 틀림없었다. 좋았든 나빴든, 나는 내가 잤던 남자들을 향한 애정과 상냥함을 항상 간직해왔다. 물론 그런 건 퍽 드문 일이다. 그렇게 보일 것이다. 그러나 여자가 한 남자와 하룻밤 동안 침대를 공유하노라면 지상에 존재하는 나머지 것들보다 그 남자와 훨씬 더 가까워지는 순간이 반드시 존재하는 법이다. 아무도 내가 그 반대로 생각하게 만들지 못하리라. 남자들의 그 육체, 너무 꿋꿋하거나 너무 무장해제된, 너무나 다르면서도 너무나 닮은, 그리고 닮지 않으려고 그토록 신경을 쓰는……. 그렇게 나는 폴에게 팔을 맡겼고, 우리는 출발했다. 나는 내가 행하려 했던 과거를 인식하면서, 폴을 사랑하지 않았던 것에 대해 무척 안도감을 느꼈다……. 실제로 나는 기억 속에 남은 그 무엇도 견딜 수 없었으리라.

프랭크는 잠든 것처럼 무심한 표정으로 죽어 있었다. 그의 심장 2센티미터 깊이에서 총알 하나가 검출되었다고 했다. 얼굴은 상처 없이 깨끗했다. 나는 나의 일부이자 나 자신이었던 것, 탄환, 수술 혹은 기분 나쁜 반사신경이 우리에게서 앗아가는 어떤 것에 작별을 고할 때 그러리라 상상한 대로 과도한 고통 없이 그에게 작별을 고했다. 그의 머리칼은 언제나 그랬듯 밤색이었다. 이상한 일이지만, 그건 평범한 색깔인데도 나는 그 사람처럼 밤색 머리칼을 가진 남자를 본 적이 없었다. 잠시 후, 폴이 나를 다시 집에 데려다주겠다고 했고, 나는 승낙했다. 오후 네 시인데도, 태양이 폴의 새 재규어 자동차 안에 비쳐들어 우리의 얼굴을 그을리게 했다. 저 태양은 결코 다시 프랭크의 얼굴을 그을리지 않을 거라는 생각이 들었다. 태양을 그토록 사랑했던 프랭크의 얼굴을. 사람들은 죽은 사람들에 대해 참 인색하다. 사람들은 그들을 검은 상자 안에 넣고 단단히 닫은 다음, 땅속에 묻는다. 그리고 그들에게서 벗어난다. 혹은 그들을 화장하여 그들의 모습을 왜곡한 뒤, 창백한 전깃불에 노출시킨다. 그들을 꼼짝 못하게 하여 그들의 모습을 변형시킨다. 내 생각에 우리는 그들을 십분 동안 태양에 노출시킨 뒤 바닷가로 데려가야 할 것 같다. 만약 그들이 바다를 좋아했다면 말이다. 그들이 흙과 영원히 섞이기 전에 마지막으로 그들에게 그런 기회를 제공해야 할 것 같다. 그러나 현실은 그렇지가 않다. 사람들은 그들의 죽음에 대해 그들을 벌준다. 최선을 다한다고 하는 것이, 고작 그들이 별로 좋아하지도 않았던 바흐나 종교음악을 틀어주는 것이다. 폴이 나를 내 집 문 앞에 내려놓았을 때, 나는 얼이 빠지고 침울한 기분이었다.

그가 물었다.

"내가 잠깐 안으로 들어갈까?"

나는 기계적으로 고개를 끄덕였고, 다음 순간 루이스를 기억해냈다. 오! 그러나 그런 건 중요하지 않았다! 폴과 루이스가 눈에 잔뜩 힘을 주고 서로 노려보든, 그들이 각각 그 상황을 어떻게 생각하든 내겐 전혀 상관없는 일이었다. 폴이 베란다로 나를 따라왔다. 루이스가 흔들의자에 앉아 꼼짝 않고 새들을 바라보고 있었다. 그가 멀리서 나에게 손짓을 하다가 폴을 보고는 손짓을 멈췄다. 나는 베란다의 계단을 올라가 그를 마주하고 멈춰섰다.

"루이스, 프랭크가 죽었어."

내가 말했다.

루이스가 한 손을 내밀어 주저하는 몸짓으로 내 머리칼을 어루만졌고, 그 순간 나는 무너져내렸다. 나는 그의 발치에 무릎을 꿇고 앉아 인간의 고통을 아직 모르는 그 어린아이에게 몸을 의지한 채 오열하기 시작했다. 그의 손이 내 머리칼, 이마, 눈물에 젖은 뺨을 가볍게 스쳤다. 그는 아무 말도 하지 않았다. 진정이 되자 나는 머리를 다시 들었다. 폴은 아무 말 없이 떠나버린 뒤였다. 나는 폴 앞에서는 내가 눈물을 보이지 않았다는 것을 불현듯 깨달았다. 심술궂고 하찮은 이유 때문이었다. 폴은 그것을 바랐는데 말이다.
  나는 루이스에게 말했다.
  "내 몰골이 보기 흉하겠지."
  나는 그를 정면으로 바라보았다. 내 눈이 부어오르고, 마스카라가 번지고, 이목구비가 일그러졌다는 것을 나는 알고 있었다. 그리고 생애 처음으로, 남자 앞에서 그런 모습을 보인 것이 전혀 거북하지 않게 느껴졌다. 나는 루이스의 눈길 속에서, 그가 나에게 보이는 도덕적 성찰 속에서, 울고 있는 어린 여자아이, 마흔다섯 살 된 나, 도로시 시모어만을 볼 뿐이었다. 그에게는 뭔가가 있었다. 어둡고 두려운 동시에 사람을 안심시키는, 겉모습과는 다른 뭔가.

"당신 힘들겠어요."

그가 생각에 잠겨 말했다.

"난 그를 오랫동안 사랑했으니까."

그가 짤막하게 말했다.

"그는 당신을 떠났어요. 그래서 벌 받은 거죠. 인생은 그런 거예요."

나는 반론을 제기했다.

"너 유치하구나. 하지만 고맙게도 인생은 너처럼 그렇게 유치하지 않아."

"인생은 유치할 수 있어요."

그는 더 이상 나를 바라보지 않고, 방심한, 거의 따분한 표정으로 다시 새들을 바라보았다. 그의 동정이 그리 오래가지 않는다는 생각이 잠시 들었고, 폴 브레트의 어깨가, 그가 이따금 내 눈물을 닦아주는 가운데 우리가 함께 떠올릴 수 있었던 프랭크에 대한 추억들이, 다시 말해 우리가 이 베란다에서 함께 연기할 수도 있었던 감상적이고 눈물 나는 연극 생각이 간절했다. 동시에 내가 그러지 않고 절제한 것에 대해 묘하게도 자부심이 느껴졌다. 나는 집 안으로 들어갔다. 전화벨이 울렸던 것이다.

 그날 저녁 내내 전화벨이 끊이지 않고 울렸다. 옛 연인들, 친구들, 가여운 내 비서, 프랭크의 사업 파트너들, 드물기는 했지만 기자들, 모든 사람이 나와 통화하기를 원했다. 루엘라 슈림프가 로마에서 프랭크 소식을 들었고, 그 기회를 활용해 기절한 뒤 자기의 이탈리아인 새 기둥서방과 함께 영화 촬영장을 떠났다는 것을 사람들은 이미 알고 있었다. 나는 그 모든 야단법석에 희미한 구역질을 느꼈다. 지금 이렇게 애도하고 있는 사람 중 어느 누구도 생전에 프랭크를 단 한 번 도와준 적이 없었다. 오직 나 한 사람만 이혼에 관한 미국의 모든 법률을 무시하고 끝까지 그를 물질적으로 도와주었다. 배우협회 후원자인 제리 볼튼도 자비의 전화를 걸어왔다. 혐오스럽기 짝이 없는 이 인물은 내가 유럽에서 돌아왔을 때 몇 번에 걸쳐 내게 소송을 걸어 나를 굶어 죽게 하려고 애쓰던 인간이다. 그러나 그게 잘 안 되자, 루엘라에게 막 버림받고 상심하고 있던 프랭크를 향해 촉수를 뻗쳤다. 그는 심술궂은 쪽으로는 전지전능한, 가히 비열하다고 말할 수 있는 사람이었고, 내가 마음속 깊이 자기를 증오한다는 것을 알고 있었다. 그런데도 내게 전화를 해올 만큼 뻔뻔했다.

"도로시? 정말 가슴이 아프군요. 당신이 프랭크를 많이 사랑했다는 걸 잘 알아요. 그리고 나는……."

"제리, 난 당신이 그를 해고했다는 걸 알아요. 실질적으로 그가 어디에도 발을 붙일 수 없도록 당신이 조치했다는 것도요. 부탁인데 전화 끊어요. 난 무례하게 굴기 싫으니까요."

그가 전화를 끊었다. 분노가 내게는 좋은 약이 되었다. 나는 다시 거실로 가서, 내가 제리 볼튼과 그의 돈, 그가 가진 무소불위의 권력을 싫어하는 이유를 루이스에게 모두 설명했다.

"만약 내게 몇몇 좋은 친구가 없었다면, 그리고 내가 강철처럼 건강하지 않았다면, 그는 프랭크에게 했듯 나를 자살로 몰아갔을지도 몰라. 그 작자는 그런 부류 중에서도 최악의 위선자야. 나는 단 한 번도 누가 죽기를 바란 적이 없지만, 그의 경우라면 조금 그래볼 수도 있을 것 같아. 정말이지 그 작자는 내가 생각하기에 그런 대접을 받아 마땅한 유일한 인간이거든."

나는 이 말로 내 설명을 마쳤다.

"당신이 까다로운 사람이 아니어서 그래요, 도로시. 그 사람 말고도 틀림없이 그런 사람이 있을 거예요."

루이스가 멍한 표정으로 말했다.

5

 나는 고양이처럼 신경이 예민해진 채 RKB의 내 사무실에 앉아 전화기를 응시하고 있었다. 캔디는 흥분한 나머지 얼굴이 창백했다. 오직 루이스만 손님용 의자에 앉아 잔잔한, 거의 따분해 보이는 표정을 지었다. 우리 세 사람은 루이스의 스크린 테스트 결과를 기다리고 있었다.

 프랭크가 죽고 며칠이 지난 어느 날 저녁, 루이스는 갑자기 큰 결심을 했다. 그는 앉은 자리에서 일어나 다리를 다친 적이 없는 것처럼 아주 똑바르고 수월하게 세 걸음을 걸었다. 그리고 어리둥절해 있는 내 앞에서 걸음을 멈췄다.

 "보이죠? 이제 다 나았어요."

 그 순간 나는 내가 그의 반불구 상태에 너무나 익숙해 있던 나머지 지금 일어난 이런 일을 한 번도 상상해보지 못했다는 것을 깨달았다. 그는 나에게 "또 봐요." 혹은 "그동안 고마웠어요."라고 말하고 집 한구석으로 사라지려 하고 있었고, 그러면 나는 다시는 그를 보지 못하게 된다. 그런 생각을 하자 알 수 없는 고통이 내 마음을 조여왔다.

나는 작은 소리로 말했다.

"좋은 소식이네."

"그렇게 생각해요?"

"물론이지. 그래…… 이제부턴 뭘 할 거야?"

"그야 당신에게 달렸죠."

그가 조용히 말했다. 그리고 다시 자리에 앉았다.

나는 숨을 들이쉬었다. 적어도 즉시 떠나버리지는 않겠지. 방금 그가 한 말이 내 호기심을 자아냈다. 그처럼 발길 닿는 대로 살아가는 무심하고 자유로운 존재의 운명이 어떻게 내게 달려 있을 수 있단 말인가? 요컨대 나는 그에게 일종의 간호사일 뿐 아니었던가.

"내가 계속 여기 머물게 되면, 그래도 뭔가 일은 해야겠죠."

그가 말했다.

"로스앤젤레스에 정착하고 싶어?"

"난 '여기'라고 말했어요."

그가 턱으로 베란다와 자기 의자를 가리키며 딱딱하게 대꾸했다.

그런 다음 잠시 시간을 두고 덧붙였다.

"물론 당신에게 폐가 되지 않는다면요."

나는 피우고 있던 담배를 떨어뜨렸고, 그것을 다시 주워들었다. 몸을 일으키며 나는 다음과 같이 중얼거렸다.

"아! 그렇단 말이지. 그래, 좋아. 말해봐. 내가 예상했던 일인지 어떤지."

그는 꼼짝 않고 나를 바라보았다. 나는 지독히도 거북했다. 그런 기분이 절정에 달해 있었다. 그래서 주방으로 도망가 꽤 많은 양의 스카치를 병째로 단숨에 들이켰다. 내가 이미 주정뱅이가 아니었다면 주정뱅이로 변하지 않을 수 없는 상황이었다. 마음을 조금 다잡은 다음, 나는 다시 베란다로 갔다. 나는 내 취향에 따라, 결심에 의해 혼자 살고 있으며, 함께 살 젊은 남자 따위는 필요 없다고 이 청년에게 설명해야 할 순간이었다. 게다가 그가 있으면 나를 연모하는 남자들을 집에 데려오는 데 방해가 된다고, 그건 정말이지 난처한 일이라고. 그리고 세 번째로, 세 번째 이유로는…… 한마디로 말해 그가 여기 머무를 이유가 전혀 없다고. 내 집에 계속 머무르겠다는 그의 결심을 알게 되자 방금 전 그가 떠난다고 생각했을 때 유감스럽게 여겼던 것만큼이나 화가 치밀어올랐다. 하지만 내가 느끼는 모순은 놀랄 일도 아니었다.

내가 말했다.

"루이스, 우리 대화를 좀 해야 할 것 같아."

"굳이 그럴 것까지는 없어요. 내가 여기 머무는 걸 원치 않으면 떠날게요."

"그런 얘기가 아니야."

내가 당황해서 말했다.

"그럼 무슨 얘기예요?"

나는 멍하니 입을 벌리고 그를 바라보았다. 그렇다, 그럼 무슨 얘기란 말인가? 그러나 다른 한편으로 생각하면 정말로 그런 얘기가 아니었다. 나는 그가 떠나기를 바라지 않았다. 나는 그를 많이 좋아했다.

"그건 적절하지 못한 일이야."

내가 조그맣게 말했다.

그가 웃음을 터뜨렸다. 그 웃음은 그를 너무나 어려 보이게 했다. 나는 신경이 곤두섰다.

"네가 다쳐서 환자일 땐 내가 너를 여기에 데리고 있는 것이 이상한 일이 아니었어. 너는 불구가 된 채 길에 쓰러져 있었으니까. 너는……."

"그런데 이제는 내가 걸을 수 있으니까 여기서 지내는 게 적절하지 못하다는 뜻인가요?"

"그건 이해받지 못할 일이야."

"누구에게 이해받지 못하는데요?"

"그야 모든 사람에게지!"

"당신은 당신 생활에 대해 모든 사람에게 설명해요?"

그의 목소리에 경멸의 억양이 담겨 있는 것 같아서 나는 몹시 화가 났다.

"대체 무슨 생각을 하는 거야, 루이스? 나에겐 내 삶이 있고, 친구들이 있어. 그리고 또…… 또 내게 수작을 거는 남자들도 있어."

마지막 한마디를 하면서 나는 모욕감이 절정에 달한 나머지 얼굴이 붉어지는 것을 느꼈다. 마흔다섯 살이라는 나이에!

루이스가 고개를 끄덕였다.

"당신에게 반한 남자들이 있다는 건 나도 잘 알아요. 이를테면 폴 브레트 같은 작자 말이에요."

"폴과 나 사이에는 아무 일도 없었어. 아! 그리고 그건 너와 아무 상관 없는 일이야. 다만 이것만 이해해줘. 네 존재가 나에게 누를 끼친다는 것."

내가 정숙하게 말했다.

"당신은 이성이 있는, 충분히 나이 든 성인이에요. 그리고 난 다만 내가 시내에서 일을 하게 되면 여기에 계속 머무를 수 있을 거고, 당신에게 돈을 낼 수도 있을 거라고 생각한 것뿐이라고요."

루이스가 말했다.

"하지만 난 돈이 필요 없어. 하숙생 없이도 내 밥벌이를 하고 있다고."

"그렇다면 나로서는 덜 난처한 일이네요."

루이스가 평온하게 말했다.

기나긴 토론을 벌인 후, 우리는 타협점에 다다랐다. 루이스는 일거리를 찾기 위해 노력할 것이고, 시간이 좀 지난 뒤에는 근처에 다른 숙소도 찾아보기로 했다. 이곳에 애착을 느낀다면 말이다. 그는 모든 것에 동의했다. 우리는 완벽하게 의견의 일치를 본 상태에서 잠을 자러 갔다. 토론에서 다루지 않은 유일한 문제는—나는 잠들기 전에 그것을 깨달았다—다음과 같았다. 그는 왜 내 곁에 머무르고 싶어 하는가?

그리하여 다음 날 나는 스튜디오에서 조금 불안해하며 천사의 육체를 가진 어느 청년에 대해 이야기했고, 루이스를 위한 빈정거리는 몇몇 지적과 약속 하나를 얻어냈다. 루이스는 나와 함께 스튜디오에 가서 얌전히 스크린 테스트를 받았다. 내 사업 파트너인 제이 그랜트가 돌아오는 주 중 하루 날을 잡아 그를 만나기로 약속했는데, 그게 바로 이날이었다. 제이는 영사실에서 루이스와 다른 열두 명의 젊은 배우 지망생을 평가하고 있었다. 나는 만년필을 잘근잘근 씹어댔고, 첫눈에 루이스에게 반한 캔디는 타자기를 부드럽게 두드리고 있었다.

"당신 사무실, 전망이 그리 예쁘지는 않네요."

루이스가 방심한 어조로 말했다.

나는 내 사무실 창문 아래에 있는 누런 잔디밭으로 눈길을 던졌다. 지금 정말 이런 게 문제란 말인가! 이 청년은 대스타가, 미국 최고의 매력 있는 인물이 될지도 몰랐다. 그런 그가 나에게 사무실의 전망 따위에 대해 말하고 있다니! 갑자기 오스카 트로

피에 뒤덮이고 전 세계를 종횡무진하는, 대중의 우상이 된 그의 모습이 눈앞에 떠올랐다. 때때로 예전에 그를 성공의 첫 단계로 인도해준 나이 든 도로시를 포옹하러 가기 위해 캐딜락 자동차의 핸들을 급하게 꺾는 모습도. 전화벨이 울렸을 때 나는 미래의 나 자신에 대한 감상적인 생각에 빠져 있었다. 나는 축축한 손으로 전화기를 집어들었다.

"도로시? 나 제이예요. 귀여운 사람, 당신이 데려온 그 청년 아주 좋아요, 훌륭해요. 이리 와서 스크린 속의 그의 모습을 좀 봐요. 제임스 딘 이래 내가 본 가장 좋은 재목이에요."

내가 목멘 소리로 대답했다.

"그 청년 여기 있어요."

"아주 좋아요. 그를 데리고 와요."

캔디가 눈물을 닦으며 우리를 포옹한 뒤, 우리는 내 자동차를 타고 3킬로미터 떨어져 있는 영사실까지 그야말로 기록을 세우며 주파했다. 그리고 우리는 급하게 영사실로 뛰어들어가 제이의 팔에 안겼다. 나는 '우리'라고 말했지만 그것은 실은 매우 부당한 표현이다. 왜냐하면 루이스는 두 발을 질질 끌며 휘파람으로 노래를 부르고 있었고, 그 모든 일에 거의 관심이 없어 보였기 때문이다. 그가 공손한 태도로 제이에게 인사를 하고는 어둠 속에서 내 옆에 자리를 잡고 앉았다. 우리는 그의 스크린 테스트 화면을 검토했다.

스크린 속의 그는 다른 얼굴을 하고 있었다. 스크린 속의 그에게는 뭐라고 규정지을 수 없는, 강렬하고 냉혹한, 극도로 사람의 마음을 끄는 어떤 것이 있었다. 하지만 분명히 말하건대 그것은 나를 불편하게 했다. 스크린 속의 그는 거침없고 놀라운 존재인 동시에 낯선 사람이었다. 스크린 속의 그가 일어나고, 벽에 몸을 기대고, 담배에 불을 붙이고, 하품을 하고, 미소를 지었다. 마치 아무도 없고 자기 혼자 있는 것처럼. 한눈에 보기에도 그는 카메라를 의식하지 않고 있었다. 그가 과연 카메라를 보기는 한 것인지 궁금해질 만큼. 우리는 불을 켰고, 제이가 의기양양한 표정으로 나를 돌아다보았다.

"자, 도로시, 뭐 하고 싶은 말 없어요?"

그의 재능을 발견한 건 물론 그였다. 나는 아무 말도 하지 않고 고개를 여러 번 끄덕이기만 했다. 이 상황에는 이런 무언의 몸짓이 더 잘 어울렸다. 제이가 루이스 쪽을 돌아다보았다.

"자네는 자신에 대해 어떻게 생각하나?"

"별 생각 없습니다."

루이스가 간결하게 대답했다.

"연기는 어디서 배웠지?"

"아무 데서도 안 배웠어요."

"안 배웠다고? 그러지 말고 말해봐, 이 친구야."

루이스가 일어섰다. 그는 진저리나는 표정을 하고 있었다.

"난 절대 거짓말 안 해요, 그런데 성함이……."

"내 이름은 그랜트네."

제이가 기계적으로 대답했다.

"난 절대 거짓말 안 해요, 그랜트 씨."

제이 그랜트가 그렇게 당황하는 모습은 내 생전 처음 보았다. 그는 조금 붉어진 얼굴로 설명했다.

"자네가 거짓말한다는 말이 아니야. 그저 자네는 신인으로 보기에는 놀라운 자연스러움을 지니고 있다는 거지. 도로시가 자네에게 확인해줄 수 있을 거야."

제이가 거의 애원하는 표정으로 나를 돌아다보았고, 그 모습을 본 나는 웃고 싶었다. 내가 그를 구원해주었다.

"사실이야, 루이스. 넌 아주 훌륭해."

루이스가 나를 바라보더니 미소를 지었고, 그 자리에 우리 두 사람만 있는 것처럼 갑자기 나에게 몸을 숙였다.

  "사실이라고요? 내가 당신 마음에 들었어요?"

  그의 얼굴이 내 얼굴에서 불과 2센티미터 떨어진 곳에 있었다. 의자에 앉아 있던 나는 극도로 난처하고 불안한 마음이었다.

  "그럼, 물론이지, 루이스. 네 앞에는 탄탄한 미래가 펼쳐질 거라고 난 확신해. 나는······."

  내가 예상했던 대로 제이가 조심스럽게 잔기침을 했다.

  "자네 계약서를 준비하도록 하겠네, 루이스. 원한다면 변호사에게 그걸 읽어보게 해도 돼. 우리 어디서 만나면 되겠나?"

  나는 의자에 앉은 채 루이스가 조용한 목소리로 다음과 같이 대답하는 것을 듣고 아연실색했다.

  "난 시모어 부인 댁에 살아요."

6

할리우드에서 내 위치가 대단한 것이 아니었기 때문에 스캔들은 대수롭지 않았다. 나는 회사의 논평을, '내가 후원하고 있는 배우 지망생'의 장래의 성공에 관한 바보 같은 축하의 말들을 들었을 뿐이고, 소문은 내 사무실 문턱을 넘어가지 않았다. 그 어떤 말 많은 여자도 내 사무실 문을 두드리지 않았다. 한 연예 전문 잡지에 저명한 제이 그랜트가 무명의 신인 루이스 마일스와 계약했다는 기사가 났을 뿐이다. 오직 폴 브레트만 스튜디오의 바에서 갑자기 함께 하게 된 점심 식사 자리에서 루이스를 어떻게 할 셈이냐고 내게 진지하게 물었다. 그는 조금 야위어 있었고, 그런 모습이 그에게 잘 어울렸다. 그는 이 고장의 사십대 남자들이 곧잘 짓는 조금 슬픈 표정을 했고, 그런 그를 보자 세상엔 남자들이 존재하며 연애가 존재한다는 사실이 퍼뜩 떠올랐다. 나는 그에게 명랑하게 대답했다. 루이스를 어떻게 할 생각 같은 것은 없으며, 정말로 그가 괜찮은 재목이라고 생각했을 뿐이라고. 그리고 그는 곧 이사 갈 거라고. 폴이 의혹이 담긴 눈초리로 나를 바라보았다.

"도로시, 난 줄곧 당신을 사랑했소. 그건 당신이 거짓말을 하지 않고, 이곳 여자들이 하는 바보 같은 연극에 빠져들지 않기 때문이었지."

"그래서요?"

"당신 같은 여자가 아무 탈 없이 잘생긴 젊은 남자와 함께 한 달 동안 살고 있다고는 말하지 말아요. 난 그 청년이 잘생겼다는 걸 알고 있고……."

나는 웃음을 터뜨렸다.

"폴, 당신은 날 믿어야 해요. 난 그 청년을 그 정도로 좋아하지는 않아요. 그 청년도 나를 좋아하지 않고요. 이상하게 보일 거라는 건 나도 알아요. 하지만 어쩔 도리가 없네요."

"맹세할 수 있소?"

남자들이 지니고 있는 맹세에 대한 집착은 매력적이다. 그래서 나는 맹세했다. 그러자 정말이지 놀랍게도 폴의 얼굴이 글자 그대로 활짝 피어났다. 내가 크게 놀란 이유는, 어떤 여자이건

간에 그가 여자의 맹세를 믿을 만큼 순진할 거라고 생각하지 않았고, 내 맹세에 그토록 기뻐할 만큼 그가 나에게 열중하고 있다고 생각하지 않았기 때문이었다. 나는 실제로 내가 루이스와 함께 길다면 긴 한 달이라는 기간을 살아왔다는 것을, 그 기간에 외출을 거의 하지 않았다는 것을, 그리고 멋진 남자와 함께 침대라는 심연 속으로 빠져들지도 않았다는 것을 깨달았다. 그것들은 내 삶에서 늘 엄청나게 중요했는데도 말이다. 나는 좀 더 주의 깊게 폴을 관찰했고, 그에게서 매력과 우아함, 완벽한 행동거지를 발견했다. 그리고 다음 날 다시 만나기로 그와 약속했다. 그는 아홉 시쯤 나를 데리러 오기로 했고, 우리는 '로마노프'에서 저녁 식사를 한 뒤 춤을 추러 가기로 했다. 우리는 서로에게 대단히 만족한 채 헤어졌다.

그래서 다음 날 나는 호화롭게 옷을 차려입고 폴 브레트를 결정적으로 유혹하기로 마음먹고 평소보다 일찍 퇴근했다. 루이스는 평소처럼 자기 의자에 앉아 하늘을 바라보고 있었다. 내가 지나가자 그가 부드러운 손짓으로 종이 한 장을 흔들어 보였다. 나는 그 종이를 공중에서 낚아챘다. 그것은 그랜트가 보내온 계약서였다. 그랜트는 루이스와 함께 영화 세 편을 찍으려고 마음먹고 있었다. 계약 기간은 이 년으로, 매달 상당한 액수의 출연료를 지급한다는 내용이었다. 당연히 독점 계약이었다. 나는 계약서를 재빨리 훑어본 뒤, 좀 더 확실히 하려면 내 변호사를 만나보는 게 좋을 거라고 조언했다.

"만족해, 루이스?"

"내용이 어떻든 난 상관없어요. 당신 생각에 좋다면 사인할게요. 그런데 뭔가 급한 일이라도 있나 보네요?"

그가 말했다.

"폴 브레트와 저녁 약속이 있어. 한 시간 후에 그가 나를 데리러 올 거야."

내가 즐거운 목소리로 대답했다.

나는 계단을 올라가 욕조 안으로 들어갔다. 따뜻한 물 속에 몸을 담근 뒤 아주 낙천적인 마음으로 내 미래를 그려보았다. 확실히 나는 최악으로 얽히고설킨 상황에서 잘 빠져나왔다. 루이스는 멋진 경력을 쌓게 될 거고, 폴은 변함없이 나에게 반해 있었다. 우리는 저녁 식사를 할 것이고, 재미있게 시간을 보낼 것이며, 아마도 섹스를 할 것이다. 삶은 매력적이었다. 나는 거울에 비친 여전히 날씬한 내 몸과 행복해 보이는 내 얼굴을 관대한 기분으로 살펴보았다. 그리고 콧노래를 부르면서 욕조에서 나와 딸아이가 파리에서 보내준 아름다운 포르토(파리에 있는 인테리어 및 생활 소품 제조업체―옮긴이) 가운을 걸치고 화장대 앞에 앉아 화장품 여러 개를 꺼내 단장을 하기 시작했다. 거울 속으로 루이스의 모습이 보였다. 그는 노크도 없이 내 침실에 들어온 것이다. 나는 많이 놀랐지만 그리 화가 나지는 않았다. 앞에서도 말했지만 낙천적이고 관대한 기분이었기 때문이다. 그가 내게 가까이 다가와 바닥에 앉았다. 나는 한쪽 눈은 화장을 마쳤고 다른 쪽 눈은 아직 화장을 하지 않아서 패나 바보스럽게 보이는 상태였다. 그래서 서둘러 그 문제를 해결하려 했다.

"저녁 어디서 먹어요?"

루이스가 물었다.

"로마노프에서. 할리우드에 있는 식당인데, 거기서 식사를 꼭 한 번 해봐야 돼. 너도 곧 스타로서 한껏 뽐내며 거기에 가게 될 거야."

"그런 바보 같은 소리 하지 마요."

그가 퉁명스럽고 심술궂은 목소리로 말했다. 나는 화장연필을 손에 든 채 잠시 가만히 있었다.

"난 바보 같은 소리는 하지 않아. 거긴 맛있는 식당이야."

대답이 없었다. 그는 평소처럼 창 밖을 바라보고 있었다. 나는 화장을 거의 다 마쳤지만 이상하게도 그의 앞에서 입술에 루주를 바르는 것은 망설여졌다. 마치 어린아이 앞에서 벌거벗고 있는 것처럼 단정치 못하게 느껴졌다. 그래서 나는 욕실로 들어가 한껏 공을 들여 조안 크로포드(Joan Crawford, 1904~1977: 차가운 이미지의 미국 여배우. 아이라인을 강조한 화장을 즐겨 했으며 〈그랜드 호텔〉, 〈여인들〉, 〈서커스 살인〉 등의 영화에 출연했다―옮긴이) 스타일의 관능적인 입술 화장을 한 뒤, 내가 좋아하는, 이브 생 로랑의 복제품인 파란색 드레스를 입었다. 지퍼를 올리느라 애를 먹은 나머지 나는 루이스의 존재를 완전히 잊어버리고 말았다. 다시 밖으로 나가면서 그와 마주쳤다. 그는 여전히 양탄자 위에 앉아 있었다. 그가 자리에서 벌떡 일어나 나를 뚫어져라 바라보았다. 나는 나 자신의 모습에 퍽 자부심을 느끼며 그에게 미소를 지어 보였다.

내가 물었다.

"나 어때?"

"정원사 복장 하고 있는 게 더 좋아요."

그가 대답했다.

나는 소리내어 웃고는 문 쪽으로 걸어갔다. 칵테일을 준비할 시간이었다. 하지만 루이스가 내 팔을 붙잡았다.

"나는요? 난 뭘 하죠?"

"네가 하고 싶은 걸 해. 텔레비전을 보든가 아니면 냉장고에 연어도 있고…… 혹시 내 자동차를 타고 싶다면……."

내가 놀라서 말했다.

그는 모호하면서도 억눌린 표정으로 내 팔을 붙잡고 있었다. 그는 나를 보고 있었지만 보고 있지 않았다. 영사실에서 내가 무척 충격을 받았던, 바로 그 맹목적인 시선이었다. 현실에 발을 디딘 이방인의 시선이었다. 나는 붙잡힌 팔을 빼내려고 했지만 성공하지 못했다. 불현듯 폴이 어서 와주었으면 하는 생각이 들었다.

"놔줘, 루이스. 나 늦었어."

나는 낮은 목소리로 말했다. 그를 지금의 상태에서 일깨우지 않으려는 듯. 그의 이마와 입 주변에 땀이 흘러내렸고, 나는 그가 어디 아픈 게 아닌지 걱정되었다. 갑자기 그가 나를 쳐다보더니 몸을 조금 흔들고는 내 팔을 놓아주었다.

"당신 목걸이가 제대로 안 채워졌어요."

그가 말했다.

그는 내 목 주변에 두 손을 두르고, 내 진주 목걸이의 조그만 안전고리를 아주 솜씨 좋게 채워주었다. 그런 다음 한 발자국 물러나 미소를 지었다. 그렇게 하는 데는 시간이 채 일 분도 걸리지 않았지만, 나는 목덜미와 등줄기에 작은 땀방울이 흘러내리는 것을 뚜렷이 느낄 수 있었다. 그러나 그것은 젊은 남자의 손이 목에 닿은 일이 야기할 수 있는 육체적 흥분과는 아무런 상관이 없었다. 그런 흥분이라면 내가 잘 알고 있지만 그것과는 분명 성질이 달랐다.

폴이 시간에 맞춰 도착하여 루이스에게 상냥하게—조금 거만하지만 상냥하게—굴었고, 우리는 셋이서 칵테일을 한 잔씩 마셨다. 나는 곧 낙천적인 마음으로 돌아갔다. 집을 나서면서 나는 루이스에게 손을 크게 흔들어 인사를 했다. 루이스는 꼼짝 않고 문 앞에 서 있었다. 길고 날씬한 그의 실루엣은 너무나, 지나치게 아름다웠다. 저녁 시간은 내가 예상한 대로였다. 나는 수많은 친구를 만났고, 폴과 함께 두 시간 동안 춤을 추었으며, 그는 유쾌한 태도로 나를 그의 집으로 데려갔다. 나는 더없이 즐거운 기분으로 담배 냄새를, 남자의 체중을, 어두운 밤에 속삭이는 상냥한 말들을 재발견했다. 폴은 남자답고 부드러웠다. 그는 나에게 사랑한다고 말했고, 결혼하자고 했다. 나는 "그래요." 하고 자연스럽게 대답했다. 쾌락은 늘 나에게 뭐든 말하게 만들었기 때문이다. 다음 날 아침 여섯 시, 나는 그에게 집으로 데려다달라고 했다. 루이스의 방 창문은 닫혀 있었고, 아침 바람만이 내 집 정원의 잡초들을 살랑살랑 흔들고 있었다.

7

 한 달이 지났다. 루이스는 영화를 찍기 시작했다. 감상적인 총천연색 모험영화의 조연이었다. 어쨌든 그 영화는 저녁마다 사람들의 입에 오르내렸고, 루이스가 그 영화에서 강렬한 인상을 남겼기 때문에 사람들이 그에 대해서도 많이 이야기했다. 그러나 그는 그 사실에 별로 개의치 않는 것 같았다. 그는 입을 꼭 다문 채 스튜디오 안을 어슬렁거렸고, 캔디의 환대를 받으며 가능한 내 사무실에서 많은 시간을 보냈다. 그렇지 않으면 할리우드의 오래된 영화 세트장에 가서 몽상에 잠겼다. 특히 사람들이 철거하지 않은 B급 카우보이 영화 세트장에서. 그 세트장에는 나무로 된 발코니와 계단을 비롯하여 마을 하나의 정면 모습이 온전히 표현되어 있었고, 뒷면은 아무것도 없이 비어 있었다. 감동적이면서도 어딘지 병적인 분위기를 풍기는 세트장이었다. 루이스는 그곳의 가짜 길들을 몇 시간이고 걷고, 계단에 앉아 있기도 하고, 담배를 피우기도 했다. 저녁이면 내가 그를 집으로 데려왔지만, 대개는 그를 거기에 내버려두었다. 내 충고에도 불구하고 그는 그곳에 혼자 있는 것을 좋아했다. 한편, 폴은 나를 목사님 앞으로 데려가려고 끈질기게 고집을 부렸고, 그런 그에게 저항하기 위해 나는 외교적 수완을 총동원해야 했다. 사람들은 내가 두 남자의 매력 사이에서 줄타기를 하고 있다고 생각했고, 나는 요부 행세를 하고 있었다. 그건 신경 쓰이는 일이었지만 나를 젊어 보이게 했다.

 이런 감미로운 상황이 삼 주 가까이 지속되었다. 아! 사람이 삶을 사랑할 때 삶이 발산하는 매력을 나는 결코 제대로 묘사할 수 없을 것이다. 낮의 아름다움, 밤의 혼란, 알코올과 쾌락이 선사하는 현기증, 부드러운 바이올린 소리, 일이 가져다주는 흥분, 그리고 건강. 또한 잠이 베개 위에, 죽음의 자세 속에 우리를 다시 묶어두기 전에 각자의 앞에 놓인, 자신에게 주어진 그 모든 거대한 낮 시간 속에서 스스로를 생생하게 일깨우는 믿을 수 없는 그 행복을. 나는 하늘에, 신에게, 혹은 나를 세상에 태어나게 해준 내 어머니에게 충분히 감사할 수 없으리라. 모든 것이 내 것이었다. 침대 시트의 신선함 또는 축축함, 내 곁에 놓인 연인의 어깨, 혹은 나의 고독, 파랗거나 잿빛을 띤 바다, 스튜디오로 통하는 반들반들하고 미끄러운 미국의 길들, 도처에서 들려오는 음악들, 그리고 애원하는 루이스의 눈길…….

이 대목에서 나는 한계에 부딪혔다. 나는 부끄러운 마음이 들기 시작했다. 내가 매일 저녁 그를 방치하고 있다는 생각이 들었다. 자동차를 몰고 그의 영화 세트장을 방문할 때면, 나는 자동차 문을 쾅 닫은 뒤 넓은 보폭으로, 스스로 바라건대 안정된 여자의 조화로운 걸음걸이로 그를 향해 걸어갔다. 그리고 긴장한 표정으로 조심스럽게 생각에 잠긴 그를 바라보았다. 때때로 정신적 혼란 상태에서 내가 실수한 건 아닌지 궁금해졌다……. 이 삶이, 내 삶이, 내가 살아가는 이런 행복이, 이런 즐거움이, 남자들의 이런 사랑이, 이런 성취가 모두 바보 같은 속임수는 아닐까……. 그에게 달려가 두 팔로 그를 끌어안고 물어봐야 하는 것은 아닐까……. 그런데 뭘 물어본다는 거지?…… 내 안에는 불안해하는 어떤 것이 분명 존재했고, 나는 미지의, 병적이지만 결정적으로 '사실'인 어떤 것을 향해 끌려가는 듯한 느낌이 들었다. 그런 느낌이 들 때면 나는 몸을 흔들며 웃었고, "안녕, 루이스." 하고 말했다. 그도 나에게 답례로 미소를 지었다. 나는 그가 영화를 찍는 것을 한두 번 보았다. 탐욕스러운 카메라 앞에서 짐승처럼 꼼짝 않고 있는 그의 모습을. 몸짓이 거의 없고 그곳에 속하지 않는, 그래서 사람들이 시선을 마주하기를 두려워하는, 동물원의 지친 사자처럼 무정해진 그를.

그 무렵 볼튼이 루이스를 자기 수중에 넣기로 결심했다. 그건 그에게는 쉬운 일이었다. 그를 거역할 수 있는 사람은 할리우드에 아무도 없었다. 제이 그랜트 역시 마찬가지였다. 볼튼은 루이스를 호출하여 제이의 계약서보다 더 조건이 좋은 계약서를 내밀었고, 제이와의 계약을 무효화시켰다. 나는 분노했다. 루이스가 볼튼과의 면담을 나에게 이야기하지 않으려 했기 때문에 더욱더 화가 났다. 나는 그를 몰아붙여 기어이 입을 열게 했다.

"그는 커다란 책상 앞에 담배를 들고 앉아 있었어요. 나를 자리에 앉게 하더니, 다른 녀석과 전화 통화를 하더군요."

루이스는 천천히, 지루한 목소리로 이야기했다. 우리는 베란다에 있었다. 나는 그날 저녁 외출하지 않기로 마음먹고 있었다.

"그래서 넌 어떻게 했어?"

"그 사람 책상 위에 잡지 한 권이 놓여 있어서, 그걸 읽기 시작했죠."

 그 대목에서 나는 화가 잦아들면서 즐거워졌다. 제리 볼튼의 코앞에서 뭔가를 읽고 있는 젊은 남자라, 퍽이나 재미있는 장면이었다.

 "그랬더니?"

 "그 사람은 전화를 끊더니 나에게 지금 치과에 와 있는 줄 아냐고 물었어요."

 "넌 뭐라고 대답했어?"

 "아니라고 대답했죠. 난 치과에 한 번도 가본 적이 없다고요. 난 이빨이 아주 튼튼하거든요."

 그가 나에게 몸을 숙이더니, 자기 말이 진짜라는 것을 증명하기 위해 집게손가락으로 자기 윗입술을 젖혔다. 그는 하얗고 뾰족한, 늑대 같은 이빨을 갖고 있었다. 나는 고개를 끄덕여 동의를 표했다.

 "그 뒤엔?"

 "그 뒤엔 별것 없었어요. 그 사람은 몇 마디 투덜대더니 자기가 나에게 관심을 갖는 걸 영광으로 알아라, 뭐 그런 비슷한 말을 했어요. 또 내가 좀 더 좋은 조건으로 일하게 해서 내 경력을…… 음, 그 사람이 뭐라고 했더라?…… 아, 내 경력을 휘황찬란하게 만들어줄 거라고 했어요."

그가 갑자기 웃음을 터뜨렸다.

"휘황찬란하게…… 나를 말이에요! 나는 경력이야 어찌 되든 상관없다고, 난 그저 돈을 많이 벌고 싶을 뿐이라고 말했죠. 참, 나 롤스로이스 한 대 구했어요."

"뭘 구했다고?"

"롤스로이스요. 지난번에 당신이 폴과 이야기했던 차 말이에요. 그 차는 몸을 굽히지 않고도 올라탈 수가 있어요. 당신을 위해 한 대 마련했어요. 이십 년 된 거지만, 차체가 굉장히 높고 내부가 금빛이에요. 다음 주에 가져올 수 있을 거예요. 그 사람이 그 차 값을 지불할 만큼 돈을 충분히 줬거든요. 그래서 계약서에 사인했어요."

나는 어리둥절해서 한동안 가만히 있었다.

"네가 나에게 롤스로이스를 한 대 사줬다는 뜻이야?"

"갖고 싶지 않아요?"

"철없는 처녀애들에게 하듯 그런 식으로 내 욕망을 모두 채워줄 작정이야? 너 미쳤어?"

그가 달래는 표정으로 나를 바라보며 진정하라는 몸짓을 했다. 그런 모습이 실제의 그보다 더 나이 들어 보였다. 우리는 우리 같은 상황에 처한 사람들에게 일반적으로 부여되는 역할을 뒤바꿔 연기하고 있었다. 그것은 플라토닉하지만 희극적이었다. 감동적인 동시에 희극적이었다. 그는 내 눈빛을 통해 그 사실을 깨달은 듯, 갑자기 침울해졌다.

그가 말했다.

"나는 당신이 기뻐할 거라고 생각했어요. 이만 실례해요. 나 오늘 저녁 외출해야 해요."

그는 자리에서 일어나더니, 내가 뭐라고 한마디 하기도 전에 베란다를 떠나버렸다. 나는 후회가 가득한 마음으로 잠자리에 누웠고, 자정쯤에 다시 일어나 그에게 감사와 사과의 편지를 썼다. 몇몇 표현은 너무 달콤해서 지워야 했다. 나는 편지를 그의 베개 밑에 넣어둔 뒤 그를 기다리며 오랫동안 깨어 있었다. 그러나 새벽 네 시가 되어도 그는 돌아오지 않았고, 나는 안도와 슬픔이 뒤섞인 마음으로 그에게 마침내 정부가 생긴 거라고 결론을 내렸다.

잠을 잘 못 잔 까닭에 나는 아침 내내 전화기를 내려놓았고,

낮 열두 시 반까지도 그 소식을 전혀 모른 채 스튜디오에서 계속 하품을 하고 있었다. 캔디가 검은 눈을 흥분으로 반짝이며 의자에서 펄쩍 뛰어올랐다. 누가 봤다면 그녀의 전기 타자기가 그녀의 정강이와 연결되어 있는 줄 알았을 것이다. 그녀가 급히 다가와 나를 열렬히 껴안았다.

"어떻게 생각하세요, 도로시? 어떻게 생각해요?"

"맙소사, 대체 뭘 말이야?"

나는 대단한 신인 한 명이 또 나타나 돈벌이가 될 만한 계약을 체결하게 된 건 아닌지 상상하며 못마땅한 기분이 되었다. 한창 게으름에 빠져 있었기 때문이다. 하지만 캔디는 내가 대답을 피하도록 내버려둘 태세가 아니었다. 나는 분명 별 문제 없이 건강한데도, 사람들이 마치 정신 지체자에게 하듯 내게 자신을 잘 돌보라고 강요하는 것처럼.

"모르세요?"

그녀는 점점 더 기쁜 표정이 되어 물었다.

"제리 볼튼이 죽었어요."

두렵지만 나도 그녀와 같은 기분이었다고, 스튜디오에 있는 모든 사람과 똑같이 나도 그것을 좋은 소식으로 여겼다고 고백

해야겠다. 나는 그녀 맞은편에 앉아 있었고, 그녀가 이 사건을 축하하려는 듯 벌써부터 스카치 병과 잔 두 개를 들고 있음을 알아챘다.

"하지만 어떻게 죽은 거지? 어제 오후만 해도 루이스가 그를 봤다는데."

"살해됐대요."

그녀는 몹시 기뻐하고 있었다. 나는 그녀의 멜로드라마 같은 억양이 내 군소리 많고 산만한 작품 탓은 아닌지 잠시 자문해보았다.

"누가 살해한 거야?"

그녀는 갑자기 당황하더니 청교도적인 표정을 지었다.

"제가 선생님께 그걸 말할 수 있을지 모르겠네요…… 볼튼 씨는 그러니까…… 사생활이 좀……."

"캔디, 어떤 형태든 누구에게나 사생활은 있는 거야. 그러니까 어서 설명해봐."

내가 엄격한 목소리로 말했다.

"그는 말리부 근처의 어느 수상쩍은 업소에서 발견되었어요. 그는 그 업소의 오래된 단골손님이었던가 봐요. 그는 신원을 알 수 없는 한 청년과 함께 거기 들어갔고, 그 청년이 그를 죽였대요. 라디오에서는 치정살인이라고 하던데요."

제리 볼튼은 지난 삼십 년 동안 자신의 유희를 잘도 비밀에 부쳐왔던 것이다. 삼십 년 동안 비탄에 잠긴 청교도적인 홀아비 행세를 해왔던 것이다. 그 삼십 년이라는 세월 동안 그는 여성적인 매력을 가진 신인 남자배우들에게 흙탕물을 끼얹고, 그들의 앞날을 망가뜨리곤 했다. 그런데 그 모든 것이 사실은 자기 방어 행위였다……. 정말이지 터무니없는 일이었다.

"경찰은 왜 사건을 흐지부지 무마하지 않은 거지?"

"살인자가 경찰과 언론에 직접 전화를 한 것 같아요. 그리고 그들이 자정에 그의 시체를 발견했고요. 그러니 덮을 수가 없었죠. 업소 주인은 신문을 받아야 했고요."

나는 기계적인 몸짓으로 테이블 위에 놓인 잔을 집어들었다가 혐오감을 느끼며 다시 내려놓았다. 술을 마시기에는 조금 이른 시각이었다. 나는 스튜디오 전체를 한 바퀴 돌아보기로 마음먹었다. 모두 흥분하여 들끓고 있었다. 심지어 무척 즐거운 분위기였다. 나는 그런 분위기가 조금 불쾌했다. 어쨌든 한 사람의 죽음에 대해 생각 없이 기뻐할 수는 없는 거니까. 하지만 사람들은 모두 한때 볼튼에게 모욕을 당하거나 상처를 받은 적이 있었고, 그의 비밀과 죽음이라는 두 가지 소식이 그들을 건전하지 못한 활기로 가득 채웠던 것이다. 나는 서둘러 그곳에서 도망 나와 루이스가 일하는 영화 세트장으로 갔다. 그는 여덟 시간 전부터 영화를 찍고 있었는데, 지난밤 외박을 한 이후로 별로 생기가 없어 보였다. 그런데도 그는 미소를 띤 채 무대장치에 기대어 쉬고 있었다. 그가 나를 보더니 다가왔다.

내가 물었다.

"루이스…… 그 소식 알고 있어?"

"네, 물론이죠. 애도의 표시로 내일은 영화 촬영을 하지 않을 거래요. 그러니 정원을 좀 손질할 수 있겠네요."

그가 잠시 말을 멈췄다가 덧붙였다.

"이제 사람들이 내가 그에게 행운을 가져다줬다고 말할 수 없겠네요."

"네 앞날을 생각하면 난처한 일이야."

루이스는 어떻게 되든 상관없다는 듯 초연한 손짓을 했다.

"내 편지 봤어, 루이스?"

그의 얼굴이 급격히 붉어졌다.

"아뇨, 지난밤에 집에 들어가지 않았거든요."

나는 웃음을 터뜨렸다.

"그건 엄연히 네 권리야. 난 그냥 롤스로이스 때문에 기뻤다는 것, 그런데 너무 놀란 나머지 너에게 그걸 이해시키지 못했다는 걸 말하고 싶었어. 그뿐이야. 아무튼 미안해."

그가 말했다.

"나에게 미안해하지 말아요. 절대로요."

사람들이 그를 불렀다. 그는 입을 벌리고 있는 갈색 머리칼의 천진한 여배우 제인 파워와 함께 짤막한 애정 신을 찍어야 했다. 그녀가 눈에 띄게 열정적인 표정으로 루이스의 품에 안겼고, 나는 이제부터 루이스가 외박하는 일이 더 잦아질 거라는 생각이 들었다. 어쨌든 그건 정상적인 일이었고, 나는 스튜디오의 식당으로 향했다. 거기서 폴과 점심을 먹기로 되어 있었다.

8

 그 롤스로이스는 거대하고 당황스러운 물건이었다. 지붕을 접게 되어 있고, 차체 색깔은 하얀색이지만 지저분했으며, 좌석 커버는 검은색이었다(혹은 그랬을 거라고 추측되었다). 구리로 된 핸들은 여기저기가 벗겨진 채 번쩍거렸다. 연식을 최소한으로 잡더라도 1925년형 같았다. 그건 정말이지 추악한 물건이었다. 내 주차장에는 차 한 대 넣을 공간밖에 없었기 때문에, 우리는 그렇잖아도 비좁은 정원에 그것을 세워둘 수밖에 없었다. 롤스로이스 주변 사방으로 풀들이 낭만적인 방식으로 조금씩 비어져나왔다. 루이스는 무척 기뻐하며 롤스로이스 주변을 한 바퀴 돌았고, 심지어 베란다에 있는 자기 의자를 포기하고 롤스로이스 뒷좌석에 앉아 있기까지 했다. 그는 거기에 책, 담배, 술병들을 하나하나 날라다놓았고, 스튜디오에서 돌아오면 곧장 거기로 가서 차창 위에 다리를 올려놓은 채 밤의 냄새와 낡은 좌석

커버에서 나는 곰팡이 냄새를 폐 속에 들이마셨다. 다행히도 그는 그 차를 운전해보겠다는 말은 하지 않았다. 바로 그것이 요점인데도 말이다. 나는 그 차가 도대체 어떻게 내 집까지 올 수 있었는지 알 수가 없었다.

우리는 일요일마다 롤스로이스를 세차하기로 의견일치를 보았다. 황폐한 정원에 조각상처럼 세워둔 1925년형 롤스로이스를 일요일 아침에 세차해보지 않은 사람은 삶의 커다란 기쁨 중 하나를 모르는 셈이다. 우리가 차 외면을 닦는 데는 한 시간 반이 걸렸고, 내부를 닦는 데는 삼십 분이 걸렸다. 나는 우선 헤드라이트와 차체 앞의 그릴에, 한마디로 차 앞부분을 닦는 데 집중하면서 루이스를 도왔다. 그런 다음엔 혼자서 좌석커버를 공략했다. 차 내부가 내 영역이었다. 요컨대 나는 아주 가정적인 여자가 되었다. 집 안에서는 전혀 그러지 않았는데 말이다. 나는 좌석커버에 질 좋은 왁스를 바르고 샤무아(산악지대에 사는 야생 영양—옮긴이) 가죽을 덮어씌웠다. 그리고 계기판의 나무 부분을 닦아 다시 윤이 나게 만들었다. 그런 다음엔 입김을 불어 문자반을 깨끗이 닦고, 80마일이라는 터무니없는 숫자가 반짝거리는 모습을 황홀한 눈으로 바라보았다. 밖에서는 루이스가 티셔츠 차림으로 타이어와 휠, 범퍼를 공략하고 있었다. 열두 시 반이 되자 롤스로이스는 반짝거리는 멋진 모습이 되었고, 우리는 떨 듯이 기뻤다. 우리는 칵테일을 마시며 롤스로이스 주변을 한 바퀴 돌았고, 우리의 아침 나절을 축하했다. 나는 그 이유를 알고 있었다. 그 차는 완전히 무용지물이었던 것이다. 한 주가 지나가려 하고 있었다. 햇살과 가시덤불이 그 자동차 위로 기어오를 것이고, 우리는 절대로 그 차를 사용하지 않을 것이다. 하지만 우리는 다음 일요일에도 다시 그 일을 반복했다. 우리 두 사람은 어린아이의 기쁨을, 맹렬하고 이유 없고 심오한 기쁨을 재발견하고 있었다. 다음 날인 월요일이면 우리는 보수를 받는 정확하고 일상적인 일의 세계로, 우리가 먹고 마시고 잠을 자게 해주는, 우리의 삶에 대해 '다른 사람들'을 안심시켜주는 세계로 돌아갈 터였다. 그러나 제기랄, 나는 때때로 삶과 그 연쇄적인 순환의 고리를 얼마나 증오했는지! 그건 우스꽝스러웠다. 내가 그래왔듯이, 모든 형태의 삶을 사랑하기 위해서는 밑바닥에서부터 삶을 증오할 필요가 있었다.

  9월의 어느 아름다운 저녁, 나는 루이스의 두툼하고 꺼칠꺼칠하고 따뜻한 스웨터를 둘러쓴 채 베란다에 길게 누워 있었다. 나는 루이스의 그런 스웨터들을 좋아했다. 나는 꽤 힘겹게 루이스를 설득하여 그를 옷 가게로 데려갔고, 그는 두둑한 봉급의 일부를 투자하여 대수롭지 않은 자기 옷가지들을 새것으로 개비할 수 있었다. 그런 뒤에 나는 그의 낡은 스웨터를 빌려 입었다. 그것은 내 동료들이 늘 비난하는 유일한 내 악습 중 하나였다. 나는 그들이 정말로 나를 비난할 수도 있다고 생각했다. 나는 삼 주 뒤쯤 내가 대사를 써야 할 유난히 바보스러운 시놉시스를 읽으며 꾸벅꾸벅 졸고 있었다. 그것은 내 기억에는 지적인 청년을 만나 그와의 접촉 혹은 그 비슷한 것에 힘입어 활짝 피어나는 한 어리석은 아가씨에 관한 이야기였다. 문제가 하나 있다면, 내 눈에는 그 어리석은 아가씨가 청년보다 더 지적으로 보인다는 점이었다. 그러나 그 작품은 베스트셀러였고, 작품의 의미를 바꾸는 건 논의의 대상이 될 수 없었다. 나는 하품을 했고, 루이스가 집에 도착하기만을 간절히 바랐다. 그런데 집에 도착한 사람이 누구였는가 하면, 볼품없는 검은색 트위드 투피스를 입고 칼라에는 커다란 브로치를 단, 시네시타(이탈리아 로마에 있는 유명한 영화 스튜디오—옮긴이)에서 막 돌아온 완벽한 여자 루엘라 슈림프였다.

  그녀는 초라한 내 집 앞에 멈춘 자동차에서 내려 서인도 제도 출신 운전기사에게 몇 마디 중얼거린 뒤 내 집 문을 밀었다. 그녀는 정원에 세워둔 롤스로이스 때문에 길을 우회하느라 조금 애를 먹었다. 마침내 나를 보았을 때 그녀의 검은 눈 속에는 어리둥절한 기색이 떠올라 있었다. 아마도 내 모습이 우스꽝스럽게 보였을 것이다. 머리카락은 눈까지 내려와 있고, 커다란 스웨터를 둘러쓴 채 기다란 등나무 의자에 파묻혀 있었으며, 옆에는 스카치 병까지 놓여 있었으니 말이다. 아마도 내가 좋아하는 테네시 윌리엄스의 작품에 나오는, 고독한 알코올 중독 여주인공과 비슷해 보였으리라. 그녀는 세 걸음 밑에서 걸음을 멈췄고, 가느다란 목소리로 내 이름을 불렀다. "도로시…… 도로시." 나는 멍한 표정으로 그녀를 바라보았다. 루엘라 슈림프는 국가기관이나 마찬가지였다. 그녀는 보디가드, 애인, 그리고 열댓 명의 사진가들과 함께가 아니면 움직이지 않았다. 그런 그녀가 내 정원에서 뭘 하고 있는 거지? 우리는 두 마리의 올빼미처럼 서로를 응시했다. 나는 그녀가 자기 자신을 정말 잘 관리하고 있다고 생각하지 않을 수 없었다. 마흔세 살인 그녀는 여전히 아름다웠고, 피부는 스무 살 먹은 아가씨처럼 빛이 났다. 그녀는 한 번 더 "도로시……." 하고 불렀고, 나는 예의 바르면서도 잦아들어가는 목소리로 "루엘라……." 하고 중얼거리며 앉아 있던 곳에서 겨우 몸을 일으켰다. 그녀가 마치 어린 사슴처럼 서둘러 계단을 올라 성큼성큼 다가왔다. 투피스 밑에서 그녀의 가슴이 조금 흔들렸다. 그녀가 내 품안으로 달려들었다. 그 순간 나는 우리가 둘 다 프랭크의 미망인이라는 사실을 깨달았다.

"세상에, 도로시, 내가 여기에 없어서…… 당신이 그 모든 걸 혼자서 처리해야 했던 걸 생각하면…… 그래요, 난 알아요. 당신은 존경받을 만했어요. 모두들 나에게 그렇게 말하던걸요……. 난 진작 당신을 보러 와야 했어요……. 그래야 했어요……."

그녀는 지난 오 년 동안 프랭크에게 관심을 두지 않았고, 심지어 그를 만나지도 않았다. 그래서 나는 그녀의 오후 시간이 갑자기 비었거나 새 애인이 그녀의 감정적 용량을 감당하지 못한 거라고 추측했다. 그녀는 지루해진 나머지 이런 유의 슬픔을 한 번 느껴보려고 여기 온 것일 터였다. 나는 초연한 태도로 의자에 앉으라고 권하고 그녀에게 술 한 잔을 대접했다. 그런 다음 프랭크를 찬양하는 우리의 콘서트를 개시했다. 그녀는 나에게서 그를 빼앗았던 것을 사과하는 말로 시작했고(열정이 모든 것을 용서해주었다), 나는 그것을 용서하는 것으로 화답했다(시간이 모든 것을 해결해주었다). 그리고 우리는 대화를 계속 이어갔다. 사실 나는 그녀와의 대화를 조금 즐기기까지 했다. 그녀는 몇몇 진실의 순간에, 끔찍이도 두려운 그 강렬한 순간에 상투적인 말을 남발했다. 우리는 1959년 여름을 회상하며 그렇게 거기에 앉아 있었다. 그때 루이스가 집에 도착했다.

그는 롤스로이스의 범퍼를 뛰어넘고는 미소를 지었다. 그는 다른 날보다 날씬하고 아름다워보였다. 낡은 블루종과 리넨 바지를 입었고, 검은 머리칼은 눈까지 내려와 있었다. 그 모든 것은 내가 매일 보는 그의 모습이었지만 그때는 특히 루엘라의 시선으로 그의 모습을 보게 되었다. 이렇게 말하기는 좀 이상하지만, 그녀는 말이 장애물 앞에서 그러듯, 혹은 한 여자가 갑자기 너무나 갈망하게 된 남자 앞에서 그러듯 비틀거렸다. 그녀를 보자 루이스의 미소가 사라졌다. 그는 낯선 사람들을 싫어했다. 나는 상냥한 태도로 그를 루엘라에게 소개했고, 루엘라는 곧바로 자신의 무기를 꺼내들었다.

루엘라는 얼간이가 아니었고, 하프타임 요부도 아니었다. 그녀는 똑똑한 사교계의 여자였으며, 직업적으로는 프로였다. 심지어 나조차 그녀의 작품들에 감탄했다. 그녀는 단번에 루이스의 마음을 사로잡으려고 애쓰지 않았고, 그를 흥분시키려고 애쓰지도 않았다. 그녀는 즉시 집 내부장식으로 화제를 돌렸고, 자동차에 대해서도 이야기했다. 그리고 나른한 손길로 스카치 잔을 집어들더니, 방심한 투로 루이스의 계획에 대해 물었다. 한마디로 말해 싹싹하고 원만한 여자의 전형적인 모습이었다. 그러나 사실 그녀는 그런 것과는 전혀 거리가 멀었다(할리우드에서는 그랬다). 나를 바라보는 그녀의 눈길 속에서 그녀가 루이스를 내 연인으로 여기고 있다는 것과 그를 내게서 빼앗기로 마음먹었다는 것을 알 수 있었다. 그것은 저 가여운 프랭크 사건 이후 꽤나 굉장한 일이 될 터였다……. 고백건대, 나는 신경이 조금 곤두섰다. 그녀가 루이스의 존재에 대해 저렇게 즐거워하다니, 나를 이 정도까지 조롱하다니…… 그녀로 하여금 그런 행동을 하게 만드는 것은 소름 끼치는 허영심과 어리석음이었다. 나는 지난 여섯 달 이래 처음으로 루이스가 내 소유라는 것을 의미하는 몸짓을 했다. 그때 그는 바닥에 앉아 있었고, 우리는 별다른 중요한 이야깃거리 없이 서로 바라보고 있었다. 나는 루이스에게 한 손을 내밀며 말했다.

"내 의자에 몸을 기대, 루이스. 계속 그러고 있으면 등이 아파

올 거야."

 그가 내 의자에 몸을 기댔고, 나는 무심한 표정으로 내밀었던 손을 그의 머리칼 속에 집어넣었다. 그가 머리를 뒤로 젖혀 내 무릎 위에 얹었다. 급작스럽고도 강렬한 몸짓이었다. 그는 눈을 감고 더없이 행복한 표정으로 미소를 지었고, 나는 불에 데기라도 한 듯 그의 머리칼에서 손을 다시 거두었다. 루엘라의 얼굴이 창백해졌다. 그러나 나는 그녀의 표정 변화에서 전혀 즐거움을 느끼지 못했다. 나 자신이 창피스러울 뿐이었다.

 어쨌든 루엘라는 한동안 대화를 이어갔다. 루이스가 내 무릎에서 머리를 들지 않고 우리의 대화에 아무 관심도 없는 듯 보이는 만큼, 그녀도 존경스러울 만큼 침착하게 대화를 이어갔다. 우리는 확실히 완벽한 사랑의 장면을 펼쳐 보이는 형국이었다. 최초의 거북함이 사라지자, 가벼운 웃음이 터져나오려 했다. 마침내 지루해진 루엘라는 자리에서 일어섰다. 나도 그녀를 따라 일어섰다. 그 행동이 루이스를 성가시게 한 것 같았다. 그는 너무나 싸늘하고 너무나 귀찮아하는, 그녀가 어서 가버렸으면 하고 바라는 눈길로 루엘라를 쳐다보며 어쩔 수 없다는 듯 일어나 몸을 흔들었다. 그녀도 마치 사람이 아닌 물건을 바라보는 듯 쌀쌀

맞게 그를 바라보았다.

그녀가 말했다.

"나 그만 가요, 도로시. 내가 당신을 방해한 건 아닌지 모르겠네요. 하지만 당신을 잘생긴 동석자에게 넘겨줄게요. 그가 그럴 만한 사람인지는 잘 모르겠지만요."

루이스는 반응을 보이지 않았다. 나 역시 마찬가지였다. 서인도 제도 출신 운전기사가 벌써 차 문을 붙잡고 있었다.

루엘라가 루이스에게 몸을 돌리며 신경질을 냈다.

"이봐요, 숙녀가 방문하면 대개 문까지 배웅해줘야 한다는 것도 모르나요?"

나는 어리둥절해진 채 루엘라가 그녀의 인생에서 몇 번 안 되는 일인, 자기억제력을 잃는 모습을 지켜보고 있었다.

"숙녀요, 그렇군요."

루이스가 평온하게 대꾸했다. 그러고는 꼼짝 않고 그대로 있었다.

그의 따귀를 때리려는 듯 루엘라가 한 손을 치켜들었다. 나는 눈을 감았다. 루엘라는 따귀로도 아주 유명했다. 스크린에서도 그리고 실생활에서도. 그녀는 따귀를 아주 잘 때렸다. 그녀의 따귀는 두 단계로 이루어져 있었다. 우선 손바닥으로 때리고, 그 다음엔 손등으로 때린다. 어깨는 전혀 움직이지 않고. 하지만 갑자기 그녀가 손길을 뚝 멈췄다. 이번에는 내가 루이스를 바라보았다. 그는 부동자세로 가만히 있었다. 보이지도 않고 들리지도 않는 듯했다. 내가 이미 한 번 본 적이 있는 바로 그 상태였다. 그는 천천히 숨을 쉬고 있었고, 입가에는 땀까지 한 줄기 흘러내리고 있었다. 루엘라가 뒤로 한 걸음 물러났고, 잠시 후 또 한 발자국 물러났다. 루이스의 영역권에서 벗어나려는 듯. 그녀는 두려워하고 있었고, 나 역시 마찬가지였다.

    내가 그의 이름을 불렀다.

    "루이스."

    그리고 그의 소맷부리에 한 손을 얹었다. 마침내 그가 깨어나더니, 루엘라에게 구식 인사법으로 정중히 허리를 굽혔다. 그녀가 우리 두 사람을 뚫어져라 응시했다.

    "당신은 좀 더 나이 많고 예의 바른 사람들을 집에 들여놓아야겠네요, 도로시."

    루엘라가 일갈했다.

    나는 대꾸하지 않았다. 여전히 공포에 사로잡혀 있었던 것이다. 내일이면 할리우드 전체가 알게 될 터였다. 그리고 루엘라는 분풀이를 하겠지. 그렇게 되면 약 보름 동안은 끊임없이 골치가 아플 것이다.

루엘라가 사라졌고, 나는 루이스에게 몇 마디 비난의 말을 하지 않을 수 없었다. 그가 연민 어린 시선으로 내 얼굴을 살폈다.

"그게 그렇게 걱정돼요?"

"물론이지, 난 험담이 두려워."

"내가 처리할게요."

그가 평온한 목소리로 말했다.

그러나 그는 그럴 시간이 없었다. 다음 날 아침, 루엘라 슈림프의 덮개를 열게 되어 있는 카브리올레 자동차가 커브길에서 미끄러졌고—그때 그녀는 스튜디오에 가는 길이었다—백 미터 아래로 굴러내려가 처박혔다. 그녀는 산 페르난도 계곡에서 몸이 으스러져버렸다.

9

 장례식은 화려했다. 두 달 동안 제리 볼튼을 합쳐 할리우드의 유명인사 두 명이 비극적으로 세상을 떠났다. 헤아릴 수 없이 많은 생존자가 보내온 헤아릴 수 없는 조화가 그녀의 무덤을 뒤덮었다. 나는 폴 그리고 루이스와 함께 거기에 갔다. 세 번째 장례식이었다. 바로 직전은 볼튼의 장례식이었고, 그 전에는 프랭크의 장례식이었다. 나는 세심하게 손질한 묘지의 산책로를 한 번 더 걸었다. 나는 서로 너무나 다르지만 연약하고, 잔혹하고, 탐욕스럽고, 삶에 환멸을 느꼈다는 점에서는 공통분모를 가진 그들 세 사람을 그곳에 묻었다. 그 세 사람은 다른 사람들에 대한, 그리고 그들 자신에 대한 불가해한 격렬함을 갖고 있었다. 깊은 생각에 잠기게 하고 매우 의기소침하게 만드는 일이었다. 인간 존재와 그들의 가장 내밀한 욕망, 행복에 대한 그들의 몸서리나는 의지 사이에는 도대체 어떤 벽이 가로놓여 있는 걸까? 그것은 그들이 형성했지만 그들의 인생과 영원히 양립시키지는 못했던 행복의 이미지일까? 그것은 시간일까? 아니면 시간의 부재일까? 어린 시절부터 갈고 닦아진 어떤 향수일까? 집에 돌아온 나는 두 남자 사이에 앉아 그들의 통찰력과 별들에게 질문을 던지며 그 점에 대해 길게 물고 늘어졌다. 다른 사람들처럼 그들도 내게 대답해줄 의지가 없어 보였다. 심지어 별들조차 내 동석자들의 눈동자처럼 내 말에 대해 희미하게 깜박이는 듯했다. 나는 〈라 트라비아타〉를 전축에 얹었다. 그것은 낭만적인 음악이었고, 나를 늘 명상으로 이끌었다. 마침내 나는 그들의 침묵에 분을 터뜨렸다.

내가 물었다.

"그래, 루이스, 넌 행복해?"

"네."

이 간결한 대답이 내 사기를 꺾으려 했다. 나는 고집을 부렸다.

"넌 그 이유를 알아?"

"아뇨."

이번에는 폴을 돌아다보았다.

"폴, 당신은요?"

"난 빠른 시일 내에 그렇게 되기를 전적으로 바라고 있소."

이 말에 담긴 우리의 결혼에 대한 암시가 내 열기를 식히려 했다. 나는 교묘히 빠져나갔다.

"이를테면 말이에요, 우리는 셋이서 여기 있어요. 날씨는 감미롭고, 지구는 둥글죠. 우리는 건강하고 행복해요……. 그런데 우리의 관계들은 왜 굶주리고 쫓기는 형국을 하고 있는 거죠? 대체 무슨 일이 일어난 걸까요?"

폴이 투덜대는 목소리로 대꾸했다.

"그건 연민 때문이오, 도로시. 나는 그것에 대해 잘 모르지만, 신문들을 읽어봐요. 그 주제에 대한 조사로 넘쳐나고 있으니까."

"왜 아무도 나와 함께 진지하게 이야기하려 들지 않는 거죠? 내가 거위인가요? 내가 구제불능의 바보예요?"

내가 화를 내며 말했다.

"당신과 함께 행복에 대해 진지하게 이야기할 수는 없어요. 당신은 그 살아 있는 대답이니까. 신 그 자신과 함께 신의 존재에 대해 토론할 수 없는 것처럼."

폴이 말했다.

갑자기 루이스가 끼어들었다.

"그건 왜냐하면요…… 그건 당신이 선량하기 때문이에요."

심지어 루이스는 말을 더듬기까지 했다.

그가 돌연 자리에서 일어났다. 거실의 조명이 그의 몸을 환하게 비췄다. 그는 우스꽝스러운 표정으로 마치 예언자처럼 한 손을 들어올리고는 말했다.

"당신은…… 당신은 알아야 해요……. 당신은 선량해요. 사람들은 대개 전혀 선량하지 않죠……. 그래서…… 그래서 그들은 그들 자신에게조차 선량할 수 없는 거예요. 그리고……."

그때 폴이 말했다.

"아, 우리 어디 좀 즐거운 곳에 가서 한 잔 더 하는 게 어떻겠소?…… 자네도 함께 가겠나, 루이스?"

그가 루이스를 술자리에 초대한 것은 그때가 처음이었다. 그리고 놀랍게도 루이스는 그 초대를 받아들였다. 옷을 제대로 갖춰 입지 않은 상태였기 때문에, 우리는 말리부 근처에 있는 비트족의 클럽에 가기로 결정했다. 우리 세 사람은 폴의 재규어 승용차에 끼어 앉았고, 나는 그 차의 범퍼 앞에서 우리가 루이스를 처음 발견했던 때보다 루이스가 좀 더 좋은 상태인 것에 웃으며 주목했다. 우리는 그 사실에 관해 재치 있는 농담을 나눈 뒤, 길을 달려 내려갔다. 자동차 덮개를 내리고, 귓가와 눈가를 스치는 바람을 맞으며. 연인과 남동생—혹은 거의 아들뻘이라 할 수 있는—사이에 끼어앉은 나는 이루 말할 수 없이 기분이 좋았다. 두 남자 다 미남이고, 관대하고, 친절했으며, 내가 사랑하는 사람들이었다. 나는 땅속에 묻혀 있는 가여운 루엘라에 대해 생각했고, 내가 엄청나게 운이 좋고, 삶은 멋진 선물이라는 생각을 했다.

문제의 그 클럽은 수염을 기르고 머리카락이 텁수룩한 젊은이 무리로 꽉 차 있었고, 우리는 작은 테이블 하나를 차지하느라 상당히 고생을 했다. 만약 폴이 정말로 내가 꺼낸 화제를 피하려고 했던 거라면 그는 이미 성공한 셈이었다. 음악 소리가 너무 강렬해서 한마디도 할 수 없었으니 말이다. 그런데도 거기 있는 즐거운 무리들은 저크 음악(댄스 음악의 일종—옮긴이)에 맞춰 깡충거리고 있었고, 스카치도 마실 만했다. 처음에 나는 루이스가 자리를 비운 것을 눈치 채지 못했다. 그가 다시 돌아와 테이블 앞에 앉았을 때에야 그의 눈빛이 조금 흐리멍덩해진 것을 보고 놀랐다. 그는 술을 많이 마시지 않은 상태였다. 잠깐 음악이 잦아든 틈을 이용해 나는 폴과 슬로댄스를 춘 뒤 다시 자리에 돌아와 앉으려고 했다. 사고가 발생한 건 바로 그때였다.

땀에 흠뻑 젖은, 수염을 기른 한 젊은이가 테이블 근처에서 내 길을 가로막고는 나를 떠밀었다. 나는 "실례했어요."라고 기계적으로 중얼거렸다. 그러나 그는 몸을 돌리고는 매우 공격적인 표정으로 나를 뚫어져라 노려보았고, 나는 겁에 질렸다. 그는 열여덟 살쯤 되어 보였고, 밖에는 커다란 오토바이 한 대가 주차되어 있었으며, 그의 뒤에는 유리잔들이 어지럽게 널려 있었다. 그는 당시 우리가 귀에 못이 박히도록 들은 전형적인 불량청년의 모양새를 하고 있었다. 그 청년은 글자 그대로 나를 향해 마구 짖어댔다.

"여기서 뭐 해요, 아줌마?"

나는 화가 치밀었다. 그 순간 어디선가 사람의 형체가 튀어오르더니, 내 앞을 지나 그 청년에게 덤벼들어 그의 목 언저리를 움켜쥐었다. 루이스였다. 그들은 요란한 소리를 내면서 바닥에 쓰러졌고, 뒤집힌 테이블과 춤추는 사람들의 발들 사이에 나뒹굴었다. 나는 날카로운 목소리로 폴을 불렀다. 이윽고 1미터쯤 떨어진 곳에서 폴이 군중을 헤치며 다가오려고 애쓰는 모습이 보였다. 그러나 한창 기분이 좋은 그곳의 젊은이들은 싸우는 사람들 주변을 원을 이루며 둘러싼 채 폴이 지나가도록 길을 내줄 생각을 하지 않았다. 나는 외쳤다. "루이스, 루이스." 그러나 루이스는 바닥에 그대로 나뒹군 채 그 불량청년의 목을 계속 조르며 희미한 소리로 으르렁댔다. 그런 상태로 일 분쯤 시간이 흘러갔다. 악몽과도 같은 일 분이었다. 갑자기 그 두 청년이 싸우기를 멈추더니 바닥에 누워 꼼짝 않고 있었다. 어둠 속이라 그들의 모습을 잘 분간할 수는 없었지만, 갑자기 움직이지 않으니 치고받으며 싸울 때보다 더 무서웠다. 누군가의 목소리가 들렸다.

"그 사람들을 떼어놔요. 자, 그 사람들을 빨리 떼어놓으라니까……."

폴이 내 옆에 와 있었다. 그는 맨 앞에 있던 구경꾼들을 밀어내며(그렇게 말할 수 있다면) 서둘러 다가왔다. 그때 루이스의 한쪽 손이 내 눈에 뚜렷하게 들어왔다. 꼼짝 않고 있는 불량청년의 목을 붙잡고 있는, 야위고 기다란 그 손은 광적으로 수축되고 있었다. 폴이 그의 손을 붙잡더니, 그의 손가락을 하나하나 잡고 뒤로 젖혀 떼어냈고, 나는 누군가에 떠밀려 얼떨떨한 채 의자 위에 주저앉았다.

연이어 벌어진 일은 혼란의 연속이었다. 사람들은 루이스를 클럽 한구석에 데려다놓고 가만히 있게 했고, 다른 쪽 구석에서는 불량청년이 정신을 차리게 하느라 분주했다. 다행히 아무도 경찰을 부르자고 주장하지 않았고, 우리 세 사람은 머리카락이 헝클어진 채 숨을 헐떡거리며 재빨리 밖으로 빠져나올 수 있었다. 루이스는 진정된 듯 보였다. 진정되고 멍해 보였다. 우리는 한마디도 하지 않고 재규어 자동차에 다시 올라탔다. 폴이 깊이 숨을 내쉬고는 담배 한 개비를 집어들더니 그것에 불을 붙여 내게 내밀었다. 그리고 자기 몫으로도 한 개비 불을 붙였다. 그는 시동을 걸지 않았다. 나는 폴에게 몸을 돌리고 가능한 활달한 목소리로 말했다.

"이런…… 대단한 밤이네요……."

그는 내 말에 대답하지 않고 몸을 기울이더니, 내 건너편에 있는 루이스를 궁금해하는 표정으로 바라보았다.

"자네 뭐 했나, 루이스? LSD 했나?"

루이스는 대답하지 않았다. 나는 깜짝 놀라서 루이스를 돌아다보았다. 그는 머리를 뒤로 젖힌 채 하늘을, 완전히 다른 곳을 응시하고 있었다.

"자네는 그 청년을 죽일 뻔했어…… 무슨 일이 있었던 거요,

도로시?"

폴이 온화한 목소리로 물었다.

나는 주저했다. 그 일을 설명한다는 게 그리 쉽지 않았던 것이다.

"그 청년은 내가 그곳에 있기엔 좀…… 좀…… 나이가 들었다고 생각했나 봐요."

나는 폴이 큰 소리를 내며 분개하기를 바랐다. 그러나 그는 어깨를 한 번 으쓱했을 뿐 별다른 반응 없이 부드럽게 차의 시동을 걸었다.

집에 도착할 때까지 우리는 서로 아무 말도 하지 않았다. 루이스는 자는 것 같았고, 나는 조금 반감을 느끼며 역시 그가 LSD에 잔뜩 취한 것이 틀림없다고 생각했다. 나는 약물에 특별히 반대하지는 않았다. 다만 내게는 술이면 충분했고, 그 나머지 것들은 무서웠다. 나는 비행기도 무서워하고, 바다낚시도 무서워하고, 정신의학도 무서워했다. 오직 육지만이 나를 안심시켰다. 비록 육지가 진창을 포함하고 있더라도. 집에 도착하자 루이스가 맨 먼저 차에서 내렸다. 그는 뭔가 중얼거리면서 집 안으로 사라졌다. 폴이 내가 재규어 자동차에서 빠져나오는 것을 도와주었다.

그는 베란다까지 나를 따라왔다.

그가 물었다.

"도로시, 내가 처음 루이스에 관해 당신에게 했던 말 생각나요?"

"네, 폴. 하지만 당신 지금은 루이스를 꽤 좋아하잖아요, 안 그래요?"

"그렇소, 맞는 말이오. 하지만······."

그가 조금 횡설수설했다. 그건 그에게 드문 일이었다. 그가 내 손을 잡고 뒤집더니 거기에 입을 맞췄다.

"아······ 당신도 느꼈겠지만, 루이스는 정상이 아닌 것 같소. 루이스는 정말로 그 녀석을 죽일 뻔했어요."

"하지만 그 고약한 뭔가 하는 약물이 스며든 사탕 조각을 먹고 정상일 수 있는 사람은 아무도 없어요."

내가 논리적으로 말했다.

"그렇다 해도 루이스가 난폭한 사람이라는 데는 변함이 없소. 난 당신이 그와 함께 지내는 것이 마음에 들지 않아요."

"진심으로 말하는데, 난 그가 나를 무척 좋아하고 나에게 결코 해를 끼치지 않을 거라고 믿고 있어요."

폴이 대꾸했다.

"어쨌든 그는 스타가 될 거고, 당신은 머지않아 그를 내보내야 할 거요. 그랜트가 나에게 그렇게 말했어요. 그들은 루이스를 위한 다음 작품의 홍보를 준비하고 있어요. 게다가 루이스는 재능이 있소……. 도로시, 당신 대체 언제 나와 결혼해줄 거요?"

"곧, 머지않아 하게 되겠죠."

내가 말했다.

나는 몸을 숙여 폴의 입술에 가볍게 키스했다. 그가 한숨을 쉬었다. 나는 그를 뒤로한 채 미래의 슈퍼스타인 루이스를 보러 집 안으로 들어갔다. 루이스는 두 손으로 머리를 움켜쥐고 내 멕시코 양탄자 위에 길게 누워 있었다. 나는 주방으로 가서 약물의 폐해에 관한 도덕적 담화인 「인 페토」의 구절들을 되뇌면서 루이스를 위해 커피를 끓여 잔에 따랐다. 그런 다음 거실로 돌아가 그의 옆에 무릎을 꿇고 앉아 그의 어깨를 세게 두드렸다. 그러나 소용이 없었다.

"루이스, 커피 좀 마셔."

그는 여전히 움직이지 않았다. 나는 그의 몸을 흔들었다. 그는 한 무리의 중국 용들 그리고 여러 색깔을 지닌 한 무리의 뱀

들과 싸우고 있는 듯했다. 그런 모습을 보고 있자니 좀 화가 났다. 그러나 동시에 이 청년이 한 시간 전에 나를 위해 싸움을 벌였다는 데 생각이 미쳤다. 그런 일은 모든 여자를 너그럽게 만든다. 나는 중얼거렸다.

"루이스, 내 사랑……."

그러자 그가 몸을 일으키더니 내 품에 와락 안겼다. 그는 기묘한 오열과 동요에 몸을 떨었다. 그는 반쯤 질식 상태였고, 그런 모습을 보자 나는 겁이 났다. 그가 내 어깨에 머리를 묻었다. 내가 들고 있던 커피가 양탄자를 적셨다. 그렇게 움직이지 않고 가만히 있다 보니 측은한 마음이 드는 동시에 겁이 났다. 나는 내 머리칼 속에 묻힌 그의 입술에서 중얼중얼 흘러나오는 기묘한 불평에 귀를 기울였다.

"난 그 녀석을 죽일 수도 있었어요……. 오! 난 그래야만 했어요……. 아, 조금만 더 시간이 있었다면…… 당신은 그걸 인정해야 해요……. 당신에게요……. 아! 나는 그 녀석을 손에 붙잡고 있었어요……. 그 녀석을 붙잡고 있었다고요……."

"하지만 생각해봐, 루이스. 그런 식으로 사람들과 싸우는 건 좋지 않아. 그건 이성적이지 못한 일이야."

"더러운 녀석…… 그 녀석은 더러운 녀석이에요. 짐승 같은 눈을 한…… 그들은 모두 짐승 같은 눈을 하고 있어요……. 사람들 모두 말이에요……. 당신은 몰라요…… 당신은 몰라요……. 그들은 우리를 해치워버릴 거예요. 당신도 알게 될 거예요……. 그들은 나를 당신에게서 떼어놓을 거고, 당신도 해치워버릴 거예요…… 당신도…… 당신도요, 도로시."

나는 그의 목덜미를 붙잡고 그의 머리칼을 쓰다듬었고, 그의 관자놀이에 입을 맞췄다. 슬퍼하는 어린아이를 보고 있는 것처럼 딱한 마음이 들었다. 왜냐하면 그는 내게 몸을 기대고 오열하는 어린아이, 삶에 한 방 얻어맞은 어린아이였기 때문이다. 나는 모호한 말들을 그에게 중얼댔다. "자, 착하지. 진정해. 아무것도 아닌 일이야." 반쯤 무릎을 꿇은 상태에서 목 위에 한 남자의 무게를 감당하고 있어서인지 장딴지에 희미한 경련이 일기 시작했다. 이런 장면은 내 나이의 여자들에게 어울리지 않는다는 생각이 들었다. 그에게 인생에 대한 의욕이나 자신감을 다시 부여해주기 위해서는 청순한 아가씨가 필요했다. 나는 인생이 어떤 모습을 할 수 있는지 너무나 잘 알고 있었으니까. 마침내 그의 마음이 진정되었다. 나는 부드러운 몸짓으로 내 몸을 따라 그의 몸을 미끄러뜨린 다음 다시 양탄자 위에 눕게 했다. 그리고 두꺼운 모직 담요를 그에게 덮어준 뒤, 지친 몸으로 잠을 자러 올라갔다.

10

 한밤중, 나는 어떤 무시무시한 생각 때문에 몸서리를 치며 잠에서 깨어났다. 나는 한 시간가량 어둠 속에서 여러 정황을 상세히 꿰어맞추며 올빼미처럼 침대에 가만히 앉아 있었다. 그런 다음 여전히 몸을 떨면서 주방으로 내려가 생각에 잠긴 채 커피 한 잔을 만들고 거기에 코냑 한 방울을 떨어뜨렸다. 새벽이 밝아오고 있었다. 나는 베란다로 나가 하늘을 바라보았다. 동쪽 하늘은 벌써 파란빛을 띤 길고 희뿌연 띠에 둘러싸여 있었다. 다음으로 나는 롤스로이스를 바라보았다. 롤스로이스 주변에는 가시덤불이 다시 자라나 있었다. 금요일이었으니까. 나는 루이스가 즐겨 앉는 의자, 그리고 베란다 난간 위에 얹힌 내 두 손을 바라보았다. 내 손은 떨리고 있었다. 그렇게 난간에 몸을 기댄 채 시간이 얼마나 흘렀는지 모르겠다. 몇 번 의자에 앉으려고 생각도 했지만 무시무시한 그 생각이 겁에 질린 꼭두각시처럼 나를 벌떡 일으켜 세웠다. 심지어 담배조차 피울 수 없었다.

여덟 시에, 내 머리 위에서 루이스의 방 덧창이 덜거덕거리는 소리가 들렸고, 나는 소스라치게 놀랐다. 그가 계단을 내려와 휘파람으로 노래를 부르며 가스레인지 위에 물을 올리는 소리가 들렸다. 어제 복용한 LSD의 효과는 잠과 함께 증발해버린 듯했다. 벌써 그렇게 된 것이다. 나는 신선한 공기를 크게 한 숨 들이마시고 주방으로 들어갔다. 그는 놀란 기색이었고, 나는 아연실색한 채 잠시 그를 응시했다. 그는 너무나 아름답고, 너무나 젊고, 머리가 헝클어져 있었지만 너무나 감미로웠다.

그가 냉큼 말했다.

"어제는 미안했어요. 그런 비열한 짓은 앞으로 절대 하지 않을게요."

"그래, 바로 그거야."

내가 음울한 어조로 말한 뒤 주방 의자에 앉았다. 대화 상대자―루이스―가 있다는 사실이 기이하게도 나를 안심시켜주었다. 그는 매우 주의 깊은 표정으로 커피포트 속의 물을 살펴보고 있었다. 그러나 내 목소리에서 어떤 기색을 감지했는지 다시 나를 바라보며 물었다.

"무슨 일 있어요?"

실내복 차림의 그가 눈썹을 위로 치켜올리며 너무나 순진무구한 표정으로 물었고, 순간 나는 의심에 사로잡혔다. 지난밤 내내 힘들여 꿰어맞춘 일치점들, 막연한 증거들, 그리고 특기할 만한 사항들이 서로 으르렁대며 싸웠다.

내가 중얼중얼 말했다.

"루이스⋯⋯ 네가 그들을 죽인 거 아니지, 그렇지?"

"누구요?"

이 대답은 최소한 나를 조금은 낙담시키는 대답이었다. 나는 감히 그를 쳐다볼 수 없었다.

"모두 말이야. 프랭크, 볼튼, 그리고 루엘라."

"맞아요."

나는 희미한 신음을 토해낸 뒤 의자에 몸을 기댔다.

그가 변화 없는 어조로 덧붙여 말했다.

"하지만 당신은 걱정하지 않아도 돼요. 증거가 전혀 없거든요. 그들은 당신을 괴롭히지 못할 거예요."

그가 커피포트에 물을 조금 더 넣었다. 나는 완전히 넋이 나가서 그를 바라보았다.

"루이스, 너 미쳤어? 사람을 죽이면 안 돼. 그건 말이 안 돼."

나는 이 상황에 이런 표현은 너무 약하다고 생각했지만, 너무나 놀란 나머지 적당한 표현을 찾아낼 수가 없었다. 평소에 비극적 상황에 맞닥뜨리면, 이유는 잘 모르겠지만 수도원에서 가르치는 문장이나 철학적인 문장을 찾아냈는데 말이다.

"세상에는 말이 안 되지만 실제로 사람들이 저지르는 일이 얼마나 많은데요…… 다른 사람을 속여서 뭔가를 빼앗고, 사람을 매수하고, 타락시키고, 유기하고……."

"그렇다고 해도 그들을 죽여서는 안 돼."

내가 단호하게 말했다.

그가 어깨를 으쓱했다. 나는 비극적인 장면이 펼쳐지리라 기대했지만 대화는 차분하게 이어졌고, 그래서 나는 어리둥절해지고 말았다.

그가 나를 돌아다보며 물었다.

"그런데 그걸 어떻게 알았어요?"

"곰곰이 생각을 해봤어. 밤새도록."

"그렇다면 지금 죽을 지경이겠네요. 커피 좀 드실래요?"

"아니. 지금 그런 게 문제가 아니야. 루이스…… 이제 어쩔 셈이야?"

내가 날카로운 목소리로 물었다.

"어쩌긴요. 자살사건이 한 건 있었고, 실마리 없는 치정살인이 한 건 있었고, 자동차 사고가 한 건 있었어요. 그뿐이에요. 아무 문제 없어요."

"그럼 난? 나는 어쩌라고? 나더러 살인자와 함께 살라는 거야? 네가 닥치는 대로 사람을 죽이도록 아무 조치도 취하지 않고 그냥 내버려두라는 거야?"

내가 분통을 터뜨렸다.

"닥치는 대로요? 그렇지 않아요, 도로시. 난 과거에 당신을 괴롭혔거나 현재 당신을 괴롭히는 사람들만 죽여요. 아무나 죽인 게 아니라고요."

"하지만 어째서 네가 그런 일을 해야 하지? 네가 내 보디가드야? 내가 너에게 그렇게 해달라고 부탁이라도 했어?"

그가 커피포트를 내려놓더니 내 얼굴을 쳐다보며 고요하게 말했다.

"아뇨. 하지만 난 당신을 사랑해요."

그 순간, 나는 머리가 핑 돌았다. 나는 의자에서 미끄러졌고,

잠을 못 잔 탓인지 생전 처음으로 정신을 잃고 말았다.

나는 소파 위에서 정신을 되찾았다. 당황스러워하는 루이스의 얼굴이 정면에 보였다. 우리는 침묵 속에서 서로를 바라보았다. 잠시 후 그가 나에게 스카치 병을 건넸다. 나는 그에게서 눈을 떼지 않은 채 스카치를 한 모금 마시고 또 마셨다. 심장이 다시 정상적으로 뛰기 시작했고, 곧이어 화가 치밀어올랐다.

"아! 네가 나를 사랑한다고? 정말이야? 그래서 가여운 그 프랭크를 죽인 거야? 불행한 루엘라도? 그렇다면 폴은 왜 안 죽였어? 폴은 내 애인이잖아?"

"그는 당신을 사랑하니까요. 하지만 만약 그가 당신을 떠나거나 당신을 힘들게 하면 그 사람도 죽일 거예요."

"맙소사, 너 미쳤구나. 너 전에도 사람을 많이 죽였니?"

내가 물었다.

"당신을 알기 전엔 그런 적 없어요. 한 번도요. 그럴 필요가 없었죠. 난 아무도 사랑하지 않았으니까요."

그가 말했다.

갑자기 그가 일어나서 턱을 문지르며 방 안을 세 발자국쯤 걸었다. 나는 악몽 속을 헤매는 듯한 느낌이었다.

"당신이 알지 모르지만, 난 열여섯 살까지 고생을 많이 한 편이에요. 사람들은 나에게 아무것도 주지 않았죠. 그런데 열여섯 살이 지나자 모든 사람이 날 원했어요. 남자, 여자, 모두요…… 하지만 거기엔 조건이 있었죠. 그 조건은, 그러니까……."

점잖은 이 살인자는 한계를 넘어서고 있었다. 내가 그의 말을 잘랐다.

"그래, 알았어."

"그런 일은 전혀 없더군요, 안 그래요? 아무 이유 없이 호의를 베푸는 사람은 단 한 명도 없었다고요. 당신을 만나기 전까지는요. 저 위에 누워 있는 동안 내가 무슨 생각을 했는지 알아요? 난 언젠가 당신이…… 나에게…… 반드시……."

그의 얼굴이 붉어졌다. 내 얼굴 역시 붉어졌을 것이다. 나는 J. H. 체이스(James Hadley Chase: 영국의 소설가. 『미스 블랜디시』, 『새들에게 말하라』, 『이브』 등 냉혹하고 어두운 분위기의 추리소설을 썼다―옮긴이)의 분위기와 델리(Delly: 제2차 세계대전 직후 큰 인기를 끈 로맨스 소설 작가―옮긴이)의 분위기 사이에서 방황하고 있었다. 나는 기분이 상했다.

"당신이 내게 베푼 친절이 순수한 선의에서 나왔다는 걸 알았을 때, 난 당신을 사랑하게 되었어요. 당신이 나를 어리게 생각한다는 것, 당신이 폴 브레트를 좋아하고 나를 별로 마음에 들어 하지 않는다는 것도 알고 있어요. 하지만 난 당신을 보호해줄 수 있어요. 그뿐이에요."

그렇게 된 거였다. 그의 설명에 따르면 그렇게 된 거였다. 나는 끔찍한 올가미에 걸려든 것이다. 나는 이 상황을 되돌릴 수 없었다. 그야말로 끝장이 난 것이다. 나는 길에서, 어느 구렁에서 미치광이를, 살인자를, 강박증 환자를 만나 내 집에 받아들인 것이다. 폴이 옳았다. 폴은 언제나 옳았다.

"당신 날 원망해요?"

루이스가 상냥하게 물었다.

나는 대답조차 할 수 없었다. 자기를 기쁘게 해주려고 사람 세 명을 죽인 누군가를 '원망'조차 할 수 있겠는가? 그런 표현은 내게는 조금 유치하게 느껴졌다. 나는 곰곰이 생각해보았다. 아니, 곰곰이 생각해보는 척했다고 말하는 것이 옳을 것이다. 왜냐하면 내 머릿속은 백지장처럼 텅 비어 있었으니까.

내가 물었다.

"루이스, 내가 너를 경찰에 넘겨야 한다는 거 알고 있지?"

"원한다면 그렇게 해요."

그가 평온하게 대꾸했다.

"즉시 경찰에 전화를 해야겠어."

내가 작은 목소리로 말했다.

그가 전화기를 내 옆에 갖다놓았고, 우리는 꼼짝 않고 침울한 표정으로 전화기를 응시했다. 마치 전화선이 연결되어 있지 않는 것처럼.

"그런데 대체 어떻게 한 거야?"

내가 물었다.

"프랭크의 경우엔 전화로 모텔방을 예약한 다음, 당신이 만나자고 했다면서 거기로 불러냈죠. 다 끝나고 난 다음엔 창문을 통해 빠져나왔고요. 볼튼의 경우엔 그의 눈빛에서 그가 어떤 사람인지 금세 알아차릴 수 있었어요. 난 그의 뜻에 동의하는 표정을 지었죠. 그가 즉시 제안했어요. 그 수상쩍은 호텔에서 만나자고요. 그는 굉장히 기뻐했죠. 그는 나에게 방 열쇠를 미리 건네주었고, 그래서 아무도 나를 보지 못했죠. 루엘라의 경우엔 그 전날 밤에 자동차 앞쪽에 있는 나사를 풀어놨어요. 그게 전부예요."

내가 말했다.

"그만하면 됐어. 그런데 난 이제 어떻게 해야 하지?"

나는 루이스를 조용히 내보낼 수도 있었다. 그러나 그건 길에 맹수를 풀어놓는 일이나 다름없었다. 그는 거리를 두고 계속해서 내 뒤를 쫓으며 마치 살인기계처럼 내 주변사람들을 죽일 터였다. 이 도시를 떠나라고 그에게 요구할 수도 있었다. 하지만 그는 수년 기한으로 영화를 찍기로 계약했고, 사람들은 어떻게든 그를 다시 찾아낼 것이다. 그렇다고 그를 경찰에 넘길 수도 없었다. 나는 누가 되었든 사람을 경찰에 넘기는 짓은 할 수 없었다. 이럴 수도 없고 저럴 수도 없었다.

"그런데 말이죠, 고통스러워한 사람은 아무도 없었어요. 모든게 아주 신속하게 진행됐거든요."

루이스가 말했다.

"그것 참 다행이네. 네가 나이프로 아주 보기 좋게 해치웠을 테니 말이야."

내가 신랄하게 대꾸했다.

"그러지 않았다는 거 당신도 잘 알잖아요."

그가 상냥하게 말하고는 내 손을 잡았다. 나는 잠시 동안 멍한 상태로 그에게 손을 맡기고 있었다.

그런 다음 생각했다. 내 손을 잡고 있는 이 따뜻하고 야윈 손이 사람 세 명을 죽였다고. 그 사실이 내게 더욱 큰 공포를 불러일으키지 않는 이유가 궁금했다. 나는 단호한 태도로 그에게서 손을 빼냈다.

"어제 그 청년 말이야. 너 그 청년도 죽이고 싶었지, 안 그래?"

"그래요. 하지만 그건 바보 같은 짓이었어요. 난 어리석게도 LSD를 했고, 내가 뭘 하고 있는지도 몰랐으니까요."

"그럼 LSD를 하지 않았을 땐…… 네가 뭘 했는지 알아, 루이스?"

그가 나를 바라보았다. 나는 그의 초록빛 눈과 그린 듯한 그의 입술, 검은 머리칼, 너무나 매끈한 그의 얼굴을 찬찬히 뜯어보았다. 그리고 거기서 이해심의 흔적 혹은 가학성의 흔적을 찾아보았다. 그러나 아무것도 보이지 않았다. 나에 대한 무한한 상냥함 말고는 아무것도 보이지 않았다. 그는 아무것도 아닌 일을 가지고 소동을 피우는 신경질적인 어린아이를 바라보는 듯한 눈길로 나를 바라보았다. 단언컨대, 루이스의 눈 속엔 너그러움이 담겨 있었다. 그것이 나를 무너뜨렸다. 나는 오열을 터뜨렸다. 그가 나를 품에 안고 내 머리카락을 쓰다듬었고, 나는 그가 하는 대로 내버려두었다.

그가 중얼거렸다.
"어젯밤부터 당신과 내가 왜 이렇게 슬퍼해야 하는 건지!"

11

 당연히 내게 간기능 장애가 찾아왔다. 나는 심각한 사건이 발생할 때마다 주기적으로 간기능 장애를 겪었다. 이번 증상은 이틀 동안 계속되었고, 덕분에 48시간 동안 생각이라는 것에서 완전히 벗어날 수 있었다. 나는 처량한 마음으로 조금씩 건강을 회복했고, 상황을 재정비하기로 마음먹었다. 물론 시체 세 구 때문에 이틀 동안 구토 증세를 겪는 것은 희귀한 일로 보일 수 있다. 그러나 간기능 장애가 어떤 것인지 모르는 사람만 내게 돌을 던질 수 있으리라. 자리를 털고 일어나자니 다리가 후들거렸고, 조금이라도 모순적으로 생각되는 일을 더는 견딜 수 없었다. 그뿐이었다. 루이스의 살인 행각은 내 머릿속에서 세금신고와 거의 똑같은 중요성을 지니기에 이르렀다. 게다가 그 불쌍한 아이는 눈에 띄게 걱정스러운 표정으로 습포(濕布), 세숫대야, 카밀레(국화과의 약용식물—옮긴이) 차 등을 대령하며 내 침대 머리맡을 이틀 내내 지켰다. 나로서는 나를 돌보아준 그 손길을 비난할 수가 없었다.

　아무튼 나는 그와 함께 현 상황을 최종적으로 정리하기로 마음먹었다. 스테이크와 위스키를 목구멍으로 넘길 수 있게 되자, 나는 루이스를 거실로 호출해서 최후 통첩을 했다.

1. 내 허락 없이는 절대로 아무도 죽이지 않을 것을 분명히 약속한다(내가 그에게 살인을 허락하지 않을 것은 명백한 사실이지만, 그에게 희망을 남겨두는 것이 지혜로운 일이라고 생각했다).
2. LSD 복용을 끊는다.
3. 이 집에서 나가 혼자서 살 집을 마련하기 위해 노력한다.

　마지막 3번에 대해서는 나도 크게 확신이 서지 않았다. 아무튼 그는 매우 심각한 표정으로 세 가지 사항에 대해 그렇게 하겠다고 약속했다. 그리고 나서도 나는 역시 가학증 환자와는 함께 살고 싶지 않다는 생각이 들었고, 그 세 번의 살인이 그에게 어떤 영향을 미쳤는지 알고 싶어서 그의 마음을 슬쩍 떠보았다. 그가 한 대답이 나를 조금 안심시켜주었다. 크게는 아니지만 조금 안심시켜주었다는 뜻이다. 그 살인들은 그에게 전혀, 아무런 영향도 미치지 않았다. 아무런 고통도 느끼지 않았다. 그가 그렇게 말했다. 그가 그들을 알지 못했기 때문이다. 또한 아무런 기쁨도 느끼지 않았다. 진작부터 그랬다. 다르게 말하자면, 그는 세 번의 살인에 대해 양심의 가책을 느끼지 않았다. 그 일들로 인해 악몽을 꾸지도 않았다. 한마디로 그 일들에 관해 도덕의식을 전혀 갖고 있지 않았다. 내 도덕의식은 어떻게 되었을까. 나는 그게 궁금해졌다.

내가 아파서 누워 있는 동안 폴 브레트가 두 번 찾아왔다. 하지만 나는 그를 만나지 않았다. 간기능 장애를 앓고 있으면 모습이 무척 추해진다. 누리끼리한 피부, 윤기 없는 머리칼, 부어오른 눈을 하고 애인을 맞아들인다는 것은 생각만 해도 화가 나는 일이었다. 반면 루이스의 존재는 전혀 거북하게 느껴지지 않았다. 그건 우리 두 사람 사이에 그 어떤 관능성도 존재하지 않기 때문이었다. 그리고 그 아침에 그는 나를 사랑한다고 말했는데, 그 말을 하는 그의 어조가 나에게는 내 몸이 농포로 온통 덮여 있다 해도 개의치 않겠다는 말로 들렸다. 그것은 나를 화나게 하는 동시에 기쁘게 했다.

 몸이 회복되어 스튜디오로 돌아가자 폴이 자신의 문병을 거절한 것에 대해 나를 조금 비난했고, 나는 그 까닭을 알아듣게 설명하려고 애썼다.

 "당신은 루이스의 간병을 받으면서 나에게는 얼굴조차 안 보여줬소."

 "내 모습이 흉측해서 그랬어요. 만약 얼굴을 보여줬다면 당신은 다시는 날 보지 않으려고 했을걸요."

 "재미있는 얘기로군. 당신도 알다시피 난 오랫동안 당신과 그 청년 사이에 아무 일도 없다고 믿으려고 애를 썼소. 하지만 이제는 그걸 확신할 수 있어요. 그런데 그 청년은 대체 누구와 잠자리를 하지?"

 나는 그것에 대해서는 아무것도 모른다고 고백할 수밖에 없었다. 그가 두어 번 외박했을 때 나는 그가 함께 영화를 찍는 그 천진한 처녀의 품안에서 밤을 보냈다고 생각했다. 그러나 지금 생각해보니 그 밤들은 그가 볼튼 혹은 다른 사람을 죽인 밤이었다. 가여운 루엘라가 죽고 없는 지금 일급 배우로 주가가 급상승하고 있는 여배우 글로리아 내쉬가 루이스에게 눈독을 들였고,

급기야 그에게 파티 초대장까지 보냈다. 그녀는 어쩔 수 없이 나도 초대했다. 나는 폴에게 거기에 함께 가겠냐고 물었고, 그는 긍정적인 답변을 했다.

"내가 당신들 두 사람을 데리러 가겠소. 셋이서 하는 이번 외출이 지난번보다 나았으면 좋겠군."

나 역시 열렬히 바라는 바였다.

"역시 그날의 난투극이 당신을 아프게 한 거요, 도로시. 사실 난 놀랐어요. 당신의 간기능 장애는 할리우드에서 유명하오. 당신은 프랭크가 루엘라와 함께 떠났을 때 한 번, 제리가 자기를 더러운 수전노 취급한다는 이유로 당신을 해고했을 때 한 번, 그리고 당신이 아끼던 비서가 창문으로 추락했을 때 한 번 간기능 장애를 앓았지. 하지만 이번 경우는 좀 더 심각한 것 같소."

"무슨 말을 하고 싶은 거예요, 폴. 난 늙어가고 있다고요."

그랬다, 좀 더 심각했다……. 만약 폴이 그걸 안다면. 맙소사, 만약 폴이 그걸 안다면 어떻게 될까. 나는 잠시 그의 표정을 상상해보았고, 그러자 웃음이 터져나왔다. 그걸 말한다는 건 소름 끼치는 일이었다. 나는 이 한 가지 생각 때문에 오 분 동안 눈물까지 흘려가며 웃었다. 그 순간 내 신경이 가볍게나마 흥분 상태에 다다랐던 것 같다. 폴은 너그럽고 인내심 있는, 보호자답고 미국인답고 믿음직스러운 표정을 하고 있었다. 그는 번져버린 마스카라 자국을 닦으라고 나에게 자기 손수건을 건네기까지 했다. 잠시 후 나는 마침내 진정이 되었고, 바보 같은 말을 몇 마디 중얼거린 뒤 그의 입을 막기 위해 그에게 키스했다. 우리는 내 사무실 안에 있었다. 캔디는 외출하고 없었다. 그는 아주 상냥해졌다. 우리는 저녁에 그의 집에 가기로 약속했다. 나는 나 없이 혼자 저녁을 먹으라고 알리기 위해 루이스에게 전화를 했다(그는 일주일 동안 영화 촬영이 없었다).

  그는 집에 있었다. 기분이 아주 좋은 듯했고, 롤스로이스를 가지고 재미있게 놀고 있었다. 나는 그에게 부디 얌전하게 굴라고 당부했다. 광적인 웃음이 다시 한 번 나를 덮치려 했다. 그는 내일 아침까지 꼼짝 않고 집에 있겠다고 맹세했다. 전적으로 비현실적인 느낌 속에서 나는 폴과 함께 '로마노프'에 저녁을 먹으러 갔고, 거기서 수백 명의 사람을 만났다. '그걸 알지 못하는 수백 명의 사람을.' 나는 그 사실에 아연실색했다. 좀 더 시간이 흘러 밤이 깊었을 때, 폴은 평소처럼 머리를 내 어깨에 기대고, 오른쪽 팔로는 내 몸을 감싸안은 채 잠들어 있었다. 갑자기 끔찍이도 외롭고 무섭다는 느낌이 들었다. 나에게는 비밀이, 치명적인 비밀이 있었다. 나는 성격상 절대 비밀 같은 것을 몰래 간직하는 성격이 아니었다. 나는 새벽까지 그렇게 깨어 있었다. 5킬로미터 떨어진 곳에서 감상적인 내 살인자가 자신의 조그만 침대에서 꽃과 새들의 꿈을 꾸면서 평화롭게 잠을 자고 있을 동안.

12

 글로리아 내쉬의 집에서 파티가 열리던 날, 우리는 특별히 우아한 차림이었다. 나는 파리에서 어마어마한 값을 치르고 산, 등 부분이 아름답게 파이고 번쩍이는 금속 장식이 달린 검은색 드레스를 입었다. 내가 가진 가장 멋진 옷 중 하나였다. 반짝이는 검은 머리칼을 하고 담배를 피우고 있는 루이스는 매우 멋져 보였다. 그는 목신(牧神)을 닮은 젊은 왕자 같았다. 폴로 말하자면, 관자놀이 부분이 조금 희끗희끗한 금발에 빈정거리는 눈빛을 한, 기품 있고 우아한 사십대 남자의 전형적인 모습이었다. 나는 재규어 자동차 안에서 담배 피우는 두 남자 사이에 끼어 앉아 내 금속 장식 드레스가 구겨지는 것을 감수해야 할 판이었다. 그때 루이스가 과장된 몸짓으로 한 손을 들어올리며 말했다.
 "당신에게 알려줄 뉴스가 하나 있어요, 도로시."
 나는 가슴이 철렁했다. 옆에 있던 폴이 모든 것을 알고 있다는 표정을 지으며 웃음을 터뜨렸다.

"그것 참 놀라운 일이군. 도로시, 무슨 일인지 따라가봅시다."

루이스는 정원으로 나가 롤스로이스 안에 올라타더니 뭔가를 눌렀다. 롤스로이스가 부드럽고 규칙적인 소음을 내더니, 후진을 했다가 내 앞에 와서 섰다. 루이스가 롤스로이스에서 서둘러 내려 차 주위를 한 바퀴 돈 뒤, 허리를 과장되게 굽히며 내게 차 문을 열어주었다. 나는 어리둥절해서 그 자리에 가만히 서 있었다.

폴이 웃으며 말했다.

"여기까지 잘도 굴러왔군. 그렇게 놀라고만 있지 말고 올라타요, 도로시. 운전기사 양반, 우리는 선셋 대로의 글로리아 내쉬 양 집에 갈 거요."

루이스가 시동을 걸었다. 운전석과 뒷좌석 사이를 가로지른 유리판을 통해 백미러에 비친 루이스의 눈이 보였다. 그는 기쁘고, 황홀하고, 어린아이 같은 눈빛으로 나를 응시하고 있었다. 나를 기쁘게 해주고 싶어 안절부절못하는 모습이었다. 삶이 내 손 안에서 빠져나가는 결정적인 순간이었다. 나는 차 안의 커다란 박스에서 낡은 전화기를 발견하고 그것을 입에 가져다댔다.

"기사님, 이 롤스로이스가 어떻게 굴러가는 거죠?"

"휴가였던 일주일 내내 열심히 수리했죠. 정말이에요."

나는 폴을 바라보았고, 그는 미소를 지었다.

"루이스가 사흘 전에 내게 이야기해줬어요. 루이스는 꼭 열두 살짜리 소년 같소."

그가 내 손에서 전화기를 낚아채 입에 대고는 말했다.

"운전기사 양반, 오늘 밤 우리의 여주인님을 기쁘게 해주길 바라오. 기사 양반이 무심한 태도를 하고 있으면 오해를 살 소지가 있어요."

루이스는 아무런 대답 없이 어깨만 으쓱했다. 나는 그날 밤 모든 사람이 나에게 우아하고 상냥하게 대해주기를, 그리고 내 살인범이 아무런 생각도 머릿속에 떠올리지 않기를 간절히 바라고 있었다. 만약 그가 또 이상한 생각을 떠올린다면 견디기 어려울 것이다. 열흘 전부터 나는 루이스에게 내 주변 사람들을 순수하고 아름답게 묘사했고, 내 모든 협력자와 친구들에 대해서도 온갖 감언이설을 늘어놓고 있었다. 고약한 정글이라 할 수 있는 할리우드에 관해서는 어린 시절처럼 사랑이 넘치는 초록색 천국으로 소개했다. 누군가에 대한 신랄한 평가를 면할 수만 있다면, 나는 그 사람이 삼 년 전에 내게 베풀었던 친절이라도 기꺼이 떠올릴 터였다. 한마디로 말해 나는 일어나지도 않은 일을 끊임없이 상상하면서 빠른 속도로 바보 혹은 미치광이가 되어가고 있었다.

  글로리아 내쉬는 방이 32개 있는 자신의 집 문 앞에서 우리를 기다리고 있었다. 모든 것이 질서정연했다. 정원에는 영사기가 있었고, 수영장에는 조명이 밝혀져 있었다. 거대한 바비큐 요리가 준비되었고, 드레스를 차려입은 아름다운 여인들이 오가고 있었다. 글로리아 내쉬는 아름답고 교양 있는 금발 여인이었다. 속 보이는 표현이긴 하지만 불행히도 그녀는 나보다 십 년 늦게 태어났고, 그 사실을 매우 우아한 방식으로 끊임없이 나에게 상기시켰다. 이를테면 그녀는 이렇게 말하는 것이었다. "그런 피부를 가지려면 어떻게 해야 하는 거죠, 도로시? 당신의 피부 관리 비결을 나에게 알려주셔야겠어요. 지금 말고 나중에, 시간이 많이 흐른 다음에요." 또 어떨 때는 마흔다섯 살 나이에 아직도 굳건히 서 있다는 사실이 기적이라도 되는 듯, 깜짝 놀라고 감탄하는 표정으로 나를 바라보기도 했다. 그날 밤 그녀가 취한 태도는 후자였고, 그녀의 경탄하는 시선을 받고 있자니 길을 잃고 우연히 그 파티장을 방문한 투탕카멘이라도 된 기분이었다. 그녀는 머리 손질을 다시 해주겠다며 나를 어디론가 데려가려 했다. 그런 것은 내게 전혀 필요 없는데도 말이다. 여자들은 십 분마다 무리를 지어 몰려다니며 머리를 다시 매만지고 화장을 고치곤 했는데, 그것은 할리우드에서 벌어지는 가장 진저리나고도 변함없는 관습 중 하나였다. 글로리아는 호기심이 마구 샘솟는 듯 루이스에 대한 질문을 수도 없이 내게 퍼부었다. 물론 나는 그 질문들을 교묘히 피했다. 그러자 그녀는 화가 나서 뜻을 알 수 없는 암시를 하더니, 사라사(사람·새·짐승 따위를 여러 빛깔로 날염한 면직물의 일종—옮긴이)가 덮인 감미로운 그녀의 방을 나올 때쯤엔 나를 공격할 태세로 돌변했다.

"당신도 알겠지만 도로시, 난 당신을 무척 좋아해요. 그래요, 아주 어렸을 때부터요. 내가 그…… 뭐더라, 아무튼, 그 영화에서 당신을 처음 봤을 때부터요. 그리고 이건 누구든 당신에게 알려줘야 하는 사실인데, 루이스에 대해 아주 이상한 소문이 돌고 있어요."

"뭐라고요?"

피가 얼어붙는 듯했다. 나는 질문을 가장하여 모호한 비명을 질렀다. 그녀가 빙그레 웃고 있었기 때문이다.

그녀가 말했다.

"당신 그에게 관심이 지대하군요!…… 하긴 그는 엄청나게 매력적이죠."

"그와 나 사이에는 감상적인 관계 같은 건 전혀 없어요. 그런데 대체 어떤 소문이에요?"

내가 물었다.

"아, 그러니까, 사람들이 말하길…… 이 바닥 사람들이 어떤지 당신도 알죠? 사람들 말이, 폴과 당신과 루이스가……."

"뭐라고요? 폴과 루이스와 내가 뭐요?"

"당신은 언제나 그 두 남자와 함께 다니잖아요. 그러니까 틀림없이……."

그녀의 말이 무슨 뜻인지 갑자기 이해가 되었다. 나는 숨을 들이마셨다.

"아! 그거였군요. 아! 그런 뜻이었어요?…… 심각한 문제는 아니네요."

내가 명랑하게 대꾸했다. 그건 어린애 장난 같은 유치한 소문이라는 듯이(셋이서 하는 통음난무를 숨겨진 음침한 진실에 견주면서 내가 느낀 것이 바로 그것이었다).

나는 말문이 막혀버린 글로리아를 그 자리에 버려두고, 혹시 루이스가 내 금속 장식 드레스를 마음에 들어하지 않는 누군가를 칼로 찌를 기회를 노리고 있는 건 아닌지 확인하러 정원으로 나갔다. 아니었다. 그는 수다스러운 할리우드 여자 한 명과 점잖게 이야기를 나누고 있었다. 안도감을 느낀 나는 걱정을 벗어버리고 파티장 안을 둘러보았다. 요컨대 썩 잘돼가고 있다고 생각하면서. 거기서 나는 예전에 나를 연모하던 남자 몇 명을 다시 만났다. 그들은 모두 내 드레스와 안색을 칭찬하면서 나름의 방식으로 내 기분을 맞춰주려고 애썼고, 그러자 간기능 장애도 잘만 겪으면 다시 젊어지는 이상적인 수단이 될 수 있다는 생각이 들었다. 내가 옛 애인들과 늘 좋은 관계를 유지하고 있다는 사실도 덧붙여야겠다. 그들은 모두 나를 보고 유감스러운 표정을 지었고, 내가 그들과 계속 공유하지 못한 추억들에 대해 넌지시 암시하며 "아, 도로시, 당신이 원하기만 했다면." 하고 중얼거리는 것이었다. 그러나 유감스럽게도 내 기억력은 나이가 들어감에 따라 희미해지고 있었다. 폴은 깡충깡충 뛰며 즐거워하는 나를 멀리서 바라보며 미소를 띠고 있었다. 글로리아의 공략을 심하게 받은 것으로 보이는 루이스와 한두 번 눈길이 마주쳤다. 하지만 나는 그에게 별로 신경을 쓰지 않았다. 나는 나대로 즐기고 싶었고, 마치 옛날로 돌아간 듯한 기분이었다. 샴페인, 캘리포니아의 밤 냄새, 나도 익히 아는 바지만 영화 속에서 말고는 결코 아무도 죽이지 않은 선량하고 친절하고 아름다운 할리우드 남자들이 자아내는 안도감을 주는 웃음이 그런 기분을 더해주고 있었다.

그런 덕분에 한 시간쯤 지난 뒤 폴이 내게 다가왔을 때 나는 방울새처럼 명랑했고 기분 좋게 취해 있었다. 웨스턴 영화의 왕인 로이 다드리지가 애처로운 목소리로 내가 사오 년 전에 자신의 인생을 망가뜨렸다고 말했다. 그는 자신의 감정과 마구 마셔댄 마티니의 취기에 휩쓸려 폴을 호전적인 표정으로 훑어보았다. 그러나 폴은 그를 무시해버리고 내 팔을 붙잡고는 조금 떨어진 곳으로 데려갔다.

"재미있소, 당신?"

"굉장히요. 당신은요?"

"당신이 웃는 것을 보니 나도 좋아요. 멀리서도 아주 잘 보이더군."

이 남자는 정말이지 감미로웠다. 그가 원한다면 다음 날이라도 당장 그와 결혼하겠다고 결심할 수 있을 만큼. 다만 저녁 모임에서 높은 목소리로 내 결심을 공표하지 않겠다는, 내가 나 자신에게 부과하고 있는 엄격한 규칙이 폴에게 그 말을 하지 않도록 막았다. 나는 목련나무 그늘에서 그의 뺨에 부드럽게 키스하는 것으로 만족했다.

내가 물었다.

"우리의 소년은 잘 지내고 있나요?"

그러자 폴은 웃음을 터뜨렸다.

"글로리아가 코커스패니얼(영국산 사냥개. 소형 종으로 몸이 짧고 아담하며 힘 있는 인상을 준다—옮긴이) 개가 뼈다귀를 노리듯 그를 노리고 있소. 그녀는 그에게서 1센티미터도 떨어지지 않고 붙어 있어요. 그의 경력은 확실히 보장된 것 같소."

'그가 급사장을 죽이지만 않는다면.' 나는 속으로 생각했다. 그리고 무슨 일이 일어나고 있는지 좀 보러 가기로 마음먹었다. 그러나 그럴 여유가 없었다. 수영장 근처에서 찢어지는 듯한 울부짖음이 들려왔기 때문이다. 머릿기름을 발라 머리카락을 가라앉혔음에도 불구하고, 소설 속에 나오는 표현처럼, 그야말로 머리털이 쭈뼛 곤두섰다.

"무슨 일이죠?"

내가 가느다란 목소리로 물었다.

폴은 우리에게서 조금 떨어진 곳에 둥글게 원을 그리며 모여 있는 사람들을 향해 벌써 뛰어가고 있었다. 나는 눈을 감았다. 다시 눈을 떴을 때는 루이스가 무표정한 얼굴로 내 옆에 서 있었다.

그가 평온한 목소리로 말했다.

"레나 쿠퍼가 죽었어요."

레나 쿠퍼는 한 시간 전에 그와 이야기를 나누던 수다스러운 여자였다. 나는 공포에 질려 그를 바라보았다. 물론 레나는 아주 선량한 사람은 아니지만, 그녀가 속해 있는 고약한 협회 안에서는 그래도 괜찮은 여자였다.

"너 나에게 맹세했잖아."

내가 말했다.

"뭘 맹세해요?"

그가 깜짝 놀란 표정으로 되물었다.

"넌 앞으로 나에게 미리 허락을 받지 않고는 아무도 죽이지 않겠다고 맹세했어. 너는 비겁하고 자기 말에 책임을 지지 않는 사람이야. 너는 무책임하고 어쩔 수 없는 살인자라고. 나는 네가 부끄러워, 루이스. 너를 보면 몸서리가 쳐져."

"하지만 내가 그런 게 아니에요."

"그럼 다른 사람 짓이라고? 대체 누가 그랬다고 말하고 싶은 거야?"

내가 손을 흔들어대며 날카롭게 말했다.

폴이 조금 의기소침한 표정으로 우리 옆에 다가와 섰다. 그는 내 팔을 붙잡더니 얼굴이 왜 그렇게 창백하냐고 물었다. 루이스는 움직이지 않고 가만히 서서 거의 미소 띤 얼굴로 우리를 바라보고 있었다. 나는 그의 따귀라도 때려주고 싶었다.

"가엾게도 레나가 심장발작을 일으켰소. 올해 들어서만 벌써 열 번째였다는군. 의사가 할 수 있는 일은 아무것도 없었어요. 그녀는 술을 너무 많이 마셨고, 술을 많이 마시면 그렇게 될 거라고 의사도 이미 경고했다는군."

루이스가 두 손을 벌리고는 부당하게 의심받은 결백한 자의 빈정거리는 미소를 지어 보였다. 나는 숨을 조금 들이마셨다. 동시에 앞으로 내가 신문에서 사망기사를 보거나 사람들이 누군가의 죽음에 대해 말하는 것을 들으면 곧장 그를 의심하게 될 거라는 사실을 깨달았다.

그날 밤의 나머지 시간은 명백히 대실패였다. 가여운 레나는 앰뷸런스에 실려갔고, 사람들은 빠르게 흩어졌다. 나는 무척 낙심한 채 루이스와 함께 집으로 돌아왔다. 그는 보호자 같은 태도로 나에게 알카셀처(해열·진통제의 일종—옮긴이)를 주고는 잠자리에 들라고 권했다. 나는 가련한 태도로 그 말에 따랐다. 이런 말을 한다는 건 믿을 수 없는 일이지만, 나 자신이 부끄러웠다. 도덕관념이란 기묘한 것이어서, 지나치게 유동적인 경향이 있다. 나는 죽기 전까지 굳건한 도덕관념을 결코 형성할 수 없을 것 같다. 그리고 나 역시 레나처럼 심장병으로 죽을 것이다. 틀림없이.

13

 그리고 감미롭고 조용한 시기가 찾아왔다. 아주 작은 사고도 없이 삼 주가 흘러갔다. 루이스는 일을 했고, 폴과 나도 일을 했다. 우리는 저녁에 집에서 자주 함께 식사를 했다. 날씨가 좋았던 어느 주말, 우리는 도시에서 50킬로미터 떨어진 해변으로 떠났다. 누군가가 폴에게 호젓한 곳에 자리잡은 방갈로 하나를 빌려주었던 것이다. 그 방갈로는 깎아지른 바위 위에 바다를 바라보며 서 있었고, 수영을 하려면 좁고 험한 오솔길을 걸어 내려가야 했다. 그날 바다는 매우 험했고, 루이스와 나는 폴이 혼자서 수영하는 모습을 무기력하게 바라보고 있었다. 폴은 나이에 비해 젊어 보이는 그 또래 남자들이 모두 그렇듯이 스포츠를 좋아했는데, 그 사실이 고약하게도 그를 골탕 먹일 뻔했다.
 그는 우아한 동작으로 해안으로부터 30미터가량 자유형으로 헤엄쳐갔는데, 그때 위험이 그를 덮쳐왔다. 루이스와 나는 실내복 차림으로 8미터 아래의 바다 위로 불쑥 내민 테라스 위에서 토스트를 우물우물 씹고 있었다. 나는 폴이 우리를 부르는 목소리를 희미하게 듣고 바다를 주시했고, 그의 손이 수면 위로 올라오는 모습과 거대한 파도가 그의 머리 위를 덮치는 모습을 보았다. 나는 비명을 지르며 오솔길로 달려나갔다. 그러나 이미 루이스가 실내복을 벗고 바위에 부딪힐 위험을 감수한 채 8미터 아래의 바다로 뛰어든 뒤였다. 잠시 후 그는 폴과 합류했고, 몇 분 뒤 폴을 육지로 끌고 나왔다. 폴이 짠물을 토해내는 동안 나는 바보 같은 얼굴로 그의 등을 두드려댔다. 눈을 들자 실오라기 하나 걸치지 않은 루이스의 모습이 눈에 들어왔다. 내가 평생 동안 본 벌거벗은 남자의 수는 하느님도 아신다. 그러나 나는 얼굴이 붉어지는 것을 느꼈다. 나와 루이스의 눈길이 마주쳤고, 루이스는 펄쩍 뛰어오르더니 방갈로를 향해 달려갔다.

나중에 폴이 그로그(럼주 또는 브랜디에 따뜻한 물을 섞고 설탕, 레몬을 넣어 마시는 음료—옮긴이)를 잔뜩 마시며 김 **빠**진 목소리로 말했다.

"친구, 자네는 용감해. 그렇게 물속에 뛰어들다니…… 자네가 없었다면 난 아직도 물속에 있을 거야."

루이스는 물론 거북해하며 투덜거렸다. 이 청년이 인간의 생명을 앗아가기도 하고 구원하기도 한다고 생각하니 재미있어졌다. 그가 하게 된 새로운 역할은 이전 역할보다 훨씬 내 마음에 들었다. 나는 자리에서 일어나 그의 뺨에 충동적으로 키스했다. 아마도 나는 루이스를 선량한 청년으로 만들 수 있을 것 같았다. 가여운 프랭크, 루엘라 등을 생각하면 물론 조금 늦긴 했지만, 아직 희망은 있었다. 나는 나중에 폴이 자리를 비운 틈을 타 선량한 행동을 한 것에 대해 루이스를 칭찬했다. 그러나 그의 반응을 접하자 낙관적이었던 마음이 조금 사그라졌다.

"당신이 알지 모르지만, 폴이 죽든 살든 내겐 아무 상관 없어요."

그가 차갑게 말했다.

나는 어리둥절해졌다.

"그렇다면 왜 죽을 위험을 무릅쓰고 폴을 구한 거야?"

"당신은 그를 좋아하고, 그가 죽으면 힘들어할 테니까요."

"그러니까, 만약 폴이 내 애인이 아니었다면 넌 가만히 앉아서 그가 물에 빠져 죽는 것을 구경하고 있었을 거라는 뜻이야?"

"네."

그가 대답했다.

나는 그가 사랑에 대해 정말이지 이상한 개념을 갖고 있다고 생각했다. 어쨌든 나에 대한 그의 사랑의 개념은 지금껏 내가 상상해온 개념들과 닮은 데가 전혀 없었다. 그가 가진 사랑의 개념에는 배타성이 개입되어 있었다. 나는 그를 계속 몰아붙였다.

"하지만 여섯 달이나 알고 지냈는데 폴에 대해 아무런⋯⋯ 호감도 아무런 애정도 없다는 거야?"

"난 당신만을 사랑할 뿐이에요. 다른 사람들에겐 전혀 관심 없어요."

그가 심각한 표정으로 대답했다.

"좋아, 하지만 넌 그게 건강한 거라고 생각해? 네 또래의 청년은 여자들이 많이 따를 테고, 또 때때로⋯⋯ 음⋯⋯ 난 잘 모르겠지만⋯⋯."

내가 말했다.

"당신은 내가 글로리아 내쉬의 품에 안기기를 원해요?"

"그녀일 수도 있고 다른 여자일 수도 있지. 순수하게 건강의 관점에서 그렇다는 뜻이야. 난⋯⋯ 젊은 남자에겐 그게 더 좋다고 생각해."

나는 횡설수설했다. 대관절 내가 왜 그에게 마치 어머니라도 되는 듯 이런 말을 하고 있단 말인가? 그가 엄격한 표정으로 나를 바라보며 말했다.

"그 주제에 관해서라면 사람들이 지나치게 과장하고 있는 것 같은데요, 도로시."

"하지만 그건 바로 삶이 선사하는 커다란 매력 중 하나야."

내가 약하게 항의했다. 나도 내 시간과 생각의 4분의 3을 그것에 바쳐왔다고 생각하면서.

"내겐 그렇지 않아요."

루이스가 말했다.

한순간 그의 시선이 불투명해졌다. 그 위험하고 맹목적인, 야수 같은 시선이 나를 두렵게 했다. 그래서 나는 서둘러 대화를 끝냈다. 이 대화를 제외하면 그 주말은 우리에게 매우 유익했다. 우리는 구릿빛으로 그을린 채 긴장이 풀리고 기분이 매우 좋아져서 로스앤젤레스로 돌아왔다. 나에겐 그런 것이 필요했다.

사흘 뒤, 루이스의 영화 촬영이 끝나는 날이었다. 빌 매클리가 감독한 그 카우보이 영화의 크랭크업을 축하하기 위해 촬영장에서 작은 파티가 열렸다. 파티는 루이스가 여름 내내 어슬렁거렸던, 건물 정면만 있는 나무로 만든 가짜 마을에서 벌어졌다.

나는 조금 일찍, 여섯 시경에 그곳에 도착했고, 가짜 대로 한가운데에 있는 가짜 술집에서 빌을 만났다. 그는 눈에 띄게 기분이 나빠 보였으며, 평소처럼 기운이 없고 무례했다. 그의 스태프들이 조금 떨어진 곳에서 마지막 촬영 장면을 준비하고 있었고, 그는 악의에 찬 눈빛으로 혼자서 테이블 앞에 앉아 있었다. 그는 그때 술을 잔뜩 퍼마시고 있었고, 사람들은 그에게 이류 영화밖에는 맡기지 않았다. 그것이 그를 신경과민으로 몰아갔다. 그가 나를 보았고, 나는 술집의 먼지투성이 계단을 올라가지 않을 수 없었다. 그는 나를 보면서 너털웃음을 터뜨렸다.

"여어, 도로시? 당신의 기둥서방이 영화 찍는 걸 보러 왔나? 오늘 그가 나오는 중요한 장면의 촬영이 있지. 용기를 내요, 그 청년은 매력적인 몸을 가졌으니까. 그가 그리 오랫동안 당신 지갑을 우려먹진 않을 거요."

그는 죽을 만큼 취해 있었지만, 나는 사람들이 생각하는 것처럼 그리 인내심 있는 성격이 못 되었고, 그래서 상냥한 말투로 그에게 더러운 사생아라고 말해주었다. 그러자 그는 내가 여자만 아니었다면 진작 가루로 만들어버렸을 거라고 중얼거렸고, 나는 신랄한 목소리로 조금 늦은 감은 있지만 내가 여자라는 사실을 상기해줘서 고맙다고 응수했다.

"아무튼 내가 폴 브레트와 약혼한 사이라는 걸 말해주고 싶네요."

내가 쌀쌀맞은 표정으로 덧붙였다.

"나도 알아요. 사람들이 모두 그러더군. 당신들 셋이 그렇고 그런 사이라고."

그가 웃음을 터뜨렸고, 화가 난 나는 그의 면상에 뭐라도 던져주려고 했다. 이를테면 핸드백 같은 것 말이다. 그때 술집 문에 누군가의 실루엣이 어른거렸다. 루이스였다. 나는 곧장 태도를 바꿔 부드럽게 말했다.

"빌, 미안해요. 내가 당신을 무척 좋아한다는 거 알죠? 하지만 아까는 내 신경이 조금 예민했어요."

술 취한 상태임에도 그는 조금 놀라는 듯했다. 하지만 그는 곧바로 내 말을 받아쳤다.

"그건 당신의 아일랜드 혈통 때문이지. 그 피는 꽤 세거든. 당신은 그것을 염두에 둬야 해. 안 그런가, 친구?"

그는 루이스를 툭 치더니 밖으로 나갔다. 나는 신경질적인 미소를 짓고는 이렇게 말했다.

"빌, 가여운 사람…… 제정신일 땐 그리 나쁜 사람이 아니야. 마음씨만은 기가 막히게 착한 사람인데……."

루이스는 대꾸하지 않았다. 그는 카우보이 옷을 입고 목에 스카프를 두르고 있었다. 수염은 면도가 제대로 되지 않아 삐죽삐죽 자라나 있었고, 표정은 멍했다.

"어쨌거나 빌은 좋은 친구야."

내가 덧붙였다.

"그런데 마지막으로 찍는 장면이 어떤 내용이야?"

"살인 장면이에요. 나는 순진한 내 누이를 범한 어느 녀석을 죽이죠. 하지만 당신에게 단언하건대 그에겐 용기가 필요했어요."

루이스가 조용히 대답했다.

우리는 천천히 촬영 장소로 걸음을 옮겼다. 루이스는 촬영 준비를 하기 위해 십 분쯤 나와 떨어져 있었다. 나는 주변을 둘러보았다. 스태프들이 모든 것을 완벽하게 준비해놓았는데도 빌은 고래고래 욕설을 퍼붓고 있었다. 그는 더 이상 자기 자신을 통제하지 못하고 있었다. 할리우드가, 할리우드와 알코올이 그를 망가뜨린 것이다. 바깥에는 칵테일 테이블이 세워져 있었고,

목이 마른 몇몇 사람이 벌써 잔을 비우고 있었다. 우리는 가짜 마을의 구성원이 되어 크고 작게 무리를 지어 카메라 주변에 모여들었다.

"루이스를 클로즈업으로 잡을 거야. 루이스 어디 있지?"

빌이 외쳤다.

루이스가 빌을 향해 조용히 다가갔다. 루이스는 한 손에 윈체스터 연발소총을 든 채, 사람들이 자기를 성가시게 할 때 꼭 짓곤 하는 그 멍한 표정을 짓고 있었다.

빌이 고개를 숙여 카메라에 한쪽 눈을 갖다대더니 한바탕 잔소리를 늘어놓았다.

"자세가 허술해, 전체적으로 말이야. 허술하다고. 개머리판을 어깨에 올려놔, 루이스. 어깨에 올리라고. 그리고 나를 조준해…… 분노에 찬 얼굴을 해봐. 무슨 말인지 알지? 분노에 찬 얼굴 말이야…… 제기랄, 그런 바보 같은 표정은 짓지 마. 넌 네 누이를 덮친 더러운 녀석을 죽일 거란 말이야…… 그래, 아주 좋아, 그래…… 아주 좋아…… 방아쇠를 당겨…… 방아쇠를……."

내겐 루이스의 얼굴이 보이지 않았다. 그가 내게 등을 돌리고 있었던 것이다. 그는 방아쇠를 힘껏 당겼고, 다음 순간 빌이 두 손으로 배를 움켜쥐었다. 그의 배에서 피가 솟구쳐올랐고, 그는 바닥에 쓰러졌다. 잠깐 동안 완벽한 정적이 흘렀다. 이윽고 사람들이 빌에게 우르르 달려갔다. 루이스는 얼빠진 표정으로 총을 내려다보고 있었다. 나는 그 장면을 외면한 채 곰팡내 나는 가짜 벽에 대고 토하기 시작했다.

경찰관은 무척 정중하고 논리적이었다. 그는 누군가 공포탄을 실탄으로 바꿔치기한 것이 틀림없다고 했다. 그 누군가는 빌 매클리를 증오하는 수많은 사람 중 한 명이 틀림없지만 루이스는 아닌 게 거의 확실하다고 했다. 루이스는 빌 매클리와 안 지 얼마 되지 않았고, 백 명이나 되는 사람들 앞에서 살인을 저지를 만큼 분별 없는 사람 같지는 않으니까. 사람들은 루이스를 측은히 여겼고, 그가 사나운 표정으로 침묵을 지키고 있는 것을 정신적 충격 탓으로 돌렸다. 그는 누군가의 범죄의 도구가 될 만큼 우스운 사람이 아니니 말이다. 우리는 열 시쯤 다른 증인 몇 명과 함께 경찰서를 나왔다. 우리에게서 멀리 떨어져 있던 누군가가 한잔하러 가자고 제안했다. 나는 거절했고, 루이스도 나를 따라왔다. 우리는 집까지 가는 내내 단 한마디도 하지 않았다. 나는 손끝 하나 까딱할 수 없을 만큼 지쳐 있었고, 심지어 화조차

나지 않았다.

 계단 밑에서 루이스가 간결하게 말했다.

 "난 다 들었어요."

 나는 대꾸하지 않았다. 그저 어깨를 으쓱했을 뿐이다. 나는 수면제 세 알을 먹었고, 곧바로 잠에 빠져들었다.

14

경찰관은 매우 지루한 표정으로 내 거실에 앉아 있었다. 그는 어떻게 보면 잘생긴 남자였다. 잿빛 눈에 탐스러운 입술을 가졌지만 지나치게 호리호리했다.

그가 말했다.

"당신도 물론 그렇게 생각하시겠지만, 이건 순전히 형식적인 절차일 뿐입니다. 저 청년에 대해 더 아는 것이 정말 없습니까?"

"없어요."

내가 대답했다.

"그가 여섯 달 동안 여기에 살았고요?"

"네, 맞아요!"

나는 변명하는 몸짓을 해보이며 덧붙여 물었다.

"내가 호기심이 부족한 건가요?"

그가 검은 눈썹을 치켜올렸고, 그러자 폴이 자주 짓는 표정과 유사한 표정이 되었다.

"이건 제가 질문해야 할 최소한의 것입니다."

"이보세요, 난 사람들이 자기가 만나는 사람들에 대해 지나치게 많은 것을 알고 있다고 생각해요. 그건 난처한 일이죠. 사람들은 그들이 누구와 함께 사는지, 무엇을 해서 사는지, 누구와 함께 자는지, 그들 자신에 대해 어떻게 생각하는지 알고 있죠. 아무튼…… 다들 너무나 많은 것을 알고 있어요. 하지만 모르는 부분이 조금은 있어야 편안하죠, 안 그래요? 그렇게 생각하지 않으세요?"

한눈에 보기에도 그는 그렇게 생각하지 않는 것 같았다.

"그건 하나의 관점일 뿐이죠. 하지만 그 관점은 우리의 수사에 도움이 되지 않습니다. 물론 난 그가 고의적으로 매클리를 죽였다고 생각하지는 않습니다. 심지어 그는 매클리가 배려해준 유일한 사람이었던 것 같아요. 그렇다 해도 방아쇠를 당긴 당사자는 그입니다. 그의 경력을 위해서라도 다른 사람들이 법정에서 가능한 그를 천사 같은 모습으로 묘사해주는 게 좋겠지요."

그가 차갑게 말했다.

"그런 건 그에게 직접 물어보세요. 난 그가 버몬트에서 태어났다는 걸 알아요. 아는 거라곤 그게 거의 전부예요. 그를 깨워서 데려올까요? 아니면 커피나 한 잔 더 드시겠어요?"

살인사건이 일어난 바로 다음 날이었다. 피어슨 경관은 아침 여덟 시에 나를 침대에서 끌어낸 참이었다. 루이스는 아직 자고 있었다.

그가 말했다.

"커피 한 잔 더 주십시오. 그런데 시모어 부인, 이렇게 노골적으로 질문해서 죄송합니다만, 당신과 루이스 마일스는 어떤 관계입니까?"

"아무 관계도 아니에요. 당신이 생각하는 그런 관계가 전혀 아니라고요. 내가 보기에 그는 어린아이일 뿐이니까요."

내가 대답했다.

그가 나를 바라보더니 갑자기 미소를 지었다.

"실로 오랜만에 여자의 말을 믿고 싶어지는군요."

우쭐해하는 웃음이 비죽이 새어나왔다. 사실 나는 내 나라의 법을 대표하는 이 가여운 남자가 이 끔찍한 사건 속에서 혼란에 빠져 엉망진창이 되도록 내버려두고 싶지 않았다. 동시에 만약 그가 배가 불룩 튀어나오고 보랏빛 안색을 한 거친 남자였다면 내 시민정신이 덜했을지 궁금해졌다. 게다가 어젯밤 먹은 수면제의 효력이 완전히 사라지지 않은 탓에 나는 서서도 잠을 잘 지경이었다.

그가 말했다.

"저 청년은 앞으로 멋진 경력을 갖게 될 것 같더군요. 루이스는 탁월한 배우예요."

나는 커피포트 앞에서 얼어붙었다.

"그걸 당신이 어떻게 알죠?"

"어젯밤에 필름을 영사해서 보았습니다. 그런 걸 보는 건 경찰들에겐 대단히 편리한 일이지요. 필름에 직접 찍힌 살인 장면 말입니다. 그건 재구성을 피하게 해주니까요."

그는 주방 문을 통해 이야기하고 있었다. 나는 어리석은 웃음을 토해내다가 뜨거운 물에 손가락을 넣고 말았다.

그가 계속해서 말했다.

"우리는 루이스의 얼굴을 클로즈업으로 보았습니다. 전율을 느끼게 하는 장면이더군요."

"난 그가 위대한 배우가 될 거라고 생각해요. 다른 사람들도 모두 그렇게 말하고요."

이렇게 말한 뒤 나는 냉장고 위에서 스카치 병을 집어들어 조심스럽게 병째로 크게 한 모금 마셨다. 눈에 눈물이 차오르고, 두 손은 가련한 나뭇잎처럼 파르르 떨렸다. 나는 거실로 다시 돌아가 아주 예의 바른 태도로 피어슨 경관에게 커피를 대접했다.

"당신이 보기에 마일스 청년에게 매클리를 죽일 만한 어떤 동기가 있었습니까?"

"전혀요."

나는 단호하게 대답했다.

그랬다. 나는 공범이었다. 내 눈에만 그런 것이 아니라 법의 눈으로 봐도 그랬다. 교도소가 나를 기다리고 있었다. 잘되었다. 나는 교도소에 가게 될 것이고, 그러면 평온해질 것이다. 하지만 갑자기 떠오르는 것이 있었다. 만약 루이스가 자백한다면 나는 그의 공범이 될 뿐만 아니라, 그 모든 범죄를 사주한 장본인이 되고 말 거라는 사실이었다. 그렇게 되면 나는 전기의자에 앉아 마땅할 것이다. 나는 잠시 눈을 감았다. 확실히 운명은 나에게 불리하게 흘러가고 있었다.

피어슨의 목소리가 들렸다.

"불행하게도 우리도 아무런 동기를 찾아내지 못했습니다. 죄송합니다. 우리 입장에서 그렇다는 뜻입니다. 그 매클리라는 자는 짐승 같은 사람이더군요. 누구라도 소품창고에 들어가서 공포탄을 실탄으로 바꿔치기할 수도 있었을 겁니다. 거기엔 지키는 사람조차 없었으니까요. 이런 종류의 사건은 해결되지 않고 오래갈 위험이 크지요. 그래서 저는 그 지점에서 그만 지쳐버렸습니다."

그는 불평을 늘어놓기 시작했다. 그러나 나는 그것에 놀라지 않았다. 내가 만난 모든 남자, 경찰, 우체부 혹은 작가들은 언제나 내게 자신들의 걱정거리를 늘어놓곤 했으니까. 그건 내가 타고난 재능이었다. 심지어 세무서 직원까지 나에게 부부싸움 이야기를 털어놓곤 했다.

"지금 몇 시예요?"

졸음이 가득한 목소리가 들리고, 실내복을 입은 루이스가 계단에 모습을 드러냈다. 루이스는 눈을 비볐다. 언뜻 보기에도 아주 푹 잔 기색이었다. 나는 화가 치밀어올랐다. 그는 사람 몇 명을 죽였다. 그러니 적어도 그는 베개에 얼굴을 대고 쌔근거리며 잠을 자는 대신 새벽에 경찰서를 찾아가야 했다. 나는 짤막한 말로 루이스를 소개했다. 루이스는 놀라는 기색도 없었다. 피어슨과 악수를 하고는 조금 부끄러워하는 표정으로 비죽 웃으며 자기도 커피를 좀 마셔도 되겠냐고 나에게 물었을 뿐이다. 그 순간 나는 그가 비몽사몽 상태에서 나에게 전날 일에 대해 내가 아직도 자기를 원망하고 있는지 묻고 있다는 것을 알아챘다. 참으로 완벽하기도 했다. 나는 루이스에게 직접 커피를 따라주었다. 루이스는 피어슨 경관 앞에 자리를 잡고 앉았고, 신문이 시작되었다. 그리하여 나는 그 달콤한 살인자가 아주 좋은 가문 출신이고, 학교 성적도 우수했으며, 그를 고용했던 사람들이 그를 매우 좋아했다는 것, 다만 방랑벽과 변화를 좋아하는 기질 때문에 화려한 경력을 갖추지 못했다는 것을 알게 되었다. 나는 입을 헤벌린 채 두 남자 사이에 오가는 대화를 들었다. 내가 제대로 이해한 거라면, 이 청년은 최고의 팜므 파탈인 도로시 시모어의 품안에 떨어지기 전까지는 완벽한 시민이었다. 도로시 시모어가 그를 네 번이나 살인으로 몰아넣었다. 당황스러운 사실이었다. 나는 지금까지 살면서 불편한 감정 없이는 파리 새끼 한 마리 죽여본 적이 없는 데다가 길 잃은 개, 고양이, 사람들을 기꺼이 내 집에 받아들였는데 말이다. 루이스가 그날 자신은 윈체스터 소총이 늘 놓여 있던 소품창고의 테이블 위에서 그것을 집어들었다고 차분히 설명했다. 그리고 자신은 총의 상태가 어떤지 확인해 볼 생각조차 하지 못했다고. 영화를 촬영하는 팔 주 동안 사람들이 사방팔방으로 방아쇠를 당겼지만, 그 전까지 아무런 사고도 없었다고.

피어슨 경관이 갑자기 물었다.

"당신은 매클리에 대해 어떻게 생각합니까?"

"술주정뱅이죠. 가련한 술주정뱅이."

루이스가 대답했다.

"그가 거꾸러졌을 때 어떤 느낌이 들던가요?"

"아무 느낌 없었어요. 그냥 놀랐을 뿐이죠."

루이스가 차갑게 대답했다.

"그럼 지금은요?"

"여전히 놀라고 있죠."

"사람을 죽였다는 생각 때문에 잠을 못 이루지는 않았나요?"

루이스가 고개를 들고 피어슨 경관을 정면으로 바라보았다. 내 이마에 땀이 배어나왔다. 루이스는 당황한 듯한 몸짓으로 양손의 손가락을 물어뜯었다.

"잠을 자는 데 영향을 받지는 않았어요."

그가 대답했다.

나는 그것이 사실임을 알고 있었다. 그런데 놀랍게도 루이스의 그런 천진함이랄까 뭐랄까, 아무튼 그런 것에 피어슨 경관이 설득되는 것이었다. 피어슨 경관은 자리에서 일어나 한숨을 내쉬더니 메모첩을 닫았다.

"당신이 내게 말한 것은 모두 지난밤에 거의 확인된 것입니다, 마일스 씨. 성가시게 해드려 죄송합니다. 하지만 규칙은 규칙이니까요. 부인, 수사에 협조해주신 것에 대해 무한한 감사를 드립니다."

나는 피어슨 경관을 현관 앞 층계까지 배웅했다. 그는 언제 함께 만나서 칵테일이나 한잔하자고 막연한 초대의 말을 웅얼거렸고, 나는 서둘러 그러자고 대꾸했다. 그가 자동차에 시동을 걸 때 상냥하게 웃음을 지어 보이기까지 했다. 내 이빨이 족히 52개쯤은 되는 듯한 느낌이 들었다. 나는 가늘게 몸을 떨면서 집 안으로 들어갔다. 루이스는 스스로에게 아주 만족한 표정으로 커피를 홀짝홀짝 마시고 있었다. 그런 그의 모습을 보자 처음에는 두려움이, 뒤이어 분노의 감정이 나를 휩쓸었다. 나는 쿠션 하나를 집어 그의 머리에 던졌고, 뒤이어 거실 안에 널려 있는 잡다한 물건들을 연이어 집어던졌다. 빠른 속도로, 특별히 겨냥하지도 않고 마구 집어던졌다. 찻잔 하나가 그의 이마에 맞아 깨졌다. 그의 이마에서 피가 철철 흘렀고, 나는 오열을 터뜨렸다. 최근 한 달 동안, 아니, 십 년 동안 터뜨린 세 번째 오열이었다.

나는 소파에 쓰러졌다.

루이스가 내 손에 자기 머리를 얹었다. 손가락 사이로 뜨뜻미지근한 피가 흐르는 것이 느껴졌다. 여섯 달 전 인적 없는 길에서 이글거리는 불빛을 받으며 이 머리를 두 손으로 잡았을 때, 이것과 똑같은 피가 내 손가락 사이로 흘러내렸을 때 왜 아무런 예감을 느끼지 못했을까. 나는 그것이 궁금해졌다. 나는 루이스를 그곳에 버려두고 도망치거나 그가 죽도록 내버려두어야 했다. 나는 울면서 욕실로 올라가 구급함을 가져다 그의 상처를 알코올로 소독하고 밴드를 붙여주었다. 그는 아무 말 없이 어쩔 줄 모르는 표정을 지었다.

마침내 그가 의심쩍은 기색으로 말했다.

"당신 아까 겁이 났었죠. 그건 이성적이지 못해요."

"당연히 이성적이지 못하지. 내 집 지붕 밑에 사람 다섯 명을 죽인 청년을 데리고 있으니 말이야……."

내가 신랄하게 대꾸했다.

"네 명이에요."

그가 얌전히 말했다.

"네 명…… 그게 그거야. 그리고 경찰이 아침 여덟 시부터 찾아와 나를 깨웠어…… 그런데 너는 내가 겁을 내는 게 이성적이지 못하다고 생각하고…… 이게 말이 되는 일이라고 생각해?"

"하지만 위험할 게 전혀 없어요. 당신도 다 봤잖아요."

그가 활달하게 말했다.

"게다가…… 게다가 너는 아주 모범적인 과거를 지녔더구나? 훌륭한 학생, 훌륭한 직원, 모든 게 훌륭하던데?…… 이런 상황에서 내가 어떤 표정을 지어야 하지? 마타 하리 같은 표정?"

그가 웃음을 터뜨렸다.

"내가 전에 당신에게 말했잖아요, 도로시. 당신을 알기 전에 난 가진 게 아무것도 없었고 외로웠다고요. 하지만 지금은 뭔가를 갖게 되었고, 그래서 그걸 보호하려 할 뿐이에요. 그게 전부예요."

"그렇지 않아. 나는 네 소유가 아니야, 분명히 말하지만 나는 네 정부가 아니라고. 너도 잘 알고 있잖아. 만약 누군가가 우리를 고발하지만 않으면 혹은 우리를 교수형에 처하지만 않으면 난 조만간 폴 브레트와 결혼할 작정이라는 걸 말이야."

내가 흥분해서 말했다.

그가 벌떡 일어나서 내게 등을 돌렸다.

"당신이 폴과 결혼하면 내가 당신과 함께 살지 못할 거라 생각해요?"

멀리서 들려오는 듯한 목소리였다.

"하지만 폴의 계획 속에 그런 건 전혀 없을 거야. 물론 폴은 너를 무척 좋아해. 하지만……."

갑자기 나는 입을 다물었다. 그가 다시 몸을 돌려 나를 바라보았다. 이제는 내가 너무나 잘 알고 있는 예의 그 무서운 얼굴과 아무것도 보이지 않는 눈길로. 나는 째질 듯한 목소리로 비명을 질러대기 시작했다.

"안 돼, 루이스! 안 돼! 만약 네가 폴을 건드리면 난 평생 다시는 널 보지 않을 거야. 다시는. 나는 너를 미워할 거야. 그렇게 되면 끝장이야! 너와 나 사이는 끝나는 거라고!"

끝난다고? 뭐가? 나는 궁금해졌다. 그가 손을 이마에 갖다대더니 다시 정신을 차리고 말했다.

"나는 폴을 건드리지 않을 거예요. 나는 평생 동안 당신을 보며 살고 싶으니까요."

그가 몸을 구부정하게 숙이고 천천히 계단을 올라갔다. 마치 허리 밑을 얻어맞은 사람처럼. 나는 밖으로 나갔다. 태양이 내 오래된 정원에 경쾌하게 내리쬐고 있었고, 멀리 세워져 있는 롤스로이스는 다시 조각상의 역할을 하고 있었다. 이 조그만 세계는 내가 평생 동안 지켜온 너무나 평화롭고 너무나 즐거운 세계였다. 나는 망가져버린 내 삶을 슬퍼하며 눈물을 조금 흘렸고, 코를 훌쩍거리며 다시 안으로 들어갔다. 옷을 입어야 했다. 어쨌건 그 피어슨 경관은 굉장히 잘생긴 남자였다.

15

 다음다음 날, 그러니까 내가 아스피린을 먹어댔음에도 불구하고 정신이 너무나 또렷하고, 평생 처음으로 신경안정제까지 시도해봤으며, 도덕적으로 바닥에 패대기쳐지고, 내가 처한 상황에 대한 달콤한 해결책으로 자살까지 고려해봤던 악몽 같은 이틀이 지난 후, 심한 비바람이 불어왔다. 정확하게 말하면 태풍이었다. '안나'라고 이름 붙여진 태풍(기상이변에 이런 매력적이고 귀여운 이름을 붙이는 그 우아하기 짝이 없는 광기라니!)이 우리 고장의 해안에 도달한 것이다. 나는 새벽에 침대가 요동치는 것을 느끼고 잠에서 깨어났다. 뒤이어 격렬한 물소리가 들려왔다. 나는 일종의 쓸쓸한 안도감을 느꼈다. 거기에는 여러 요소가 뒤섞여 있었다. '맥베스'가 멀지 않았다(비극적 파국이 멀지 않았다는 의미-옮긴이). 종말이 다가오고 있었다. 나는 창가로 가서 사람이 타지 않은 자동차들이 강으로 변해버린 길에 둥둥 떠다니는 모습을 지켜보았다. 다양한 물건의 잔해가 그 뒤를 따르고 있었다. 나는 집 안을 한 바퀴 둘러보았다. 다른 창문을 통해 보니 롤스로이스가 마치 낚싯배처럼 정원에 둥둥 떠 있었다. 베란다 바로 아래, 약 50센티미터 높이까지 물이 차올라 있었다. 나는 정원을 정성 들여 가꾸지 않은 것을 다시 한 번 자축했다. 이러고 나면 어차피 아무것도 남지 않을 터였다.

나는 아래층으로 내려갔다. 루이스는 매우 기뻐하는 표정으로 창가에 서 있었다. 그가 서둘러 다가와 빌 매클리를 살해한 이후 처음으로 애원하는 듯한 눈빛을 하며 나에게 커피 한 잔을 주었다. 고약한 장난질을 한 것에 대해 용서를 구하는 어린아이의 눈빛이었다. 나는 곧바로 거만한 표정을 지었다.

그가 명랑하게 말했다.

"오늘은 스튜디오에 가는 게 불가능하겠어요. 길들이 전부 불통일 테니까요. 전화선도 끊겼어요."

"멋지군."

내가 대꾸했다.

"다행히도 어제 내가 '토지'에서 스테이크 두 조각과 케이크를 사다놓았어요. 당신이 좋아하는 설탕에 절인 과일을 얹은 것으로."

"고마워."

내가 당당한 어조로 말했다.

그러나 나는 내심 무척 기뻤다. 일을 하지 않고, 실내복을 걸친 채 어슬렁거리며 맛있는 '토지'의 케이크를 먹는다…… 그리 나쁘지 않았다. 게다가 그때 나는 감상적이고 섬세하며 흥미진진한 책을 읽고 있었고, 그것이 살인과 주변의 음산한 분위기로부터 내 기분을 전환시켜주고 있었다.

루이스가 말했다.

"폴은 틀림없이 화가 났을걸요. 이번 주말에 당신을 라스베이거스에 데려가고 싶어했으니까요."

"나는 언젠가 쓰러지고 말 거야. 아무튼 난 이 책을 마저 끝내야 해. 그런데 넌 뭘 할 거니?"

내가 물었다.

"음악을 좀 연주하고, 당신을 위해 요리를 할 거예요. 그런 다음엔 우리 둘이서 진 러미(카드 게임의 일종-옮긴이)를 할 수 있겠죠, 안 그래요?"

그가 대답했다.

그는 한눈에 보기에도 기쁨에 겨워하고 있었다. 그는 내 하루를 자기 뜻대로 좌지우지할 생각이었고, 그래서 새벽부터 몹시 기뻐하고 있었던 것이다. 나는 그에게 미소를 지어 보이지 않을 수 없었다.

"내가 책을 읽는 동안 우선 음악을 좀 연주하도록 해. 내 생각엔 텔레비전과 라디오도 끊겼을 것 같아."

빠뜨리고 말하지 못했는데, 루이스는 시간 날 때마다 느리고 우울하고 조금은 기묘한, 그 자신이 직접 작곡한 음악을 기타로 연주하곤 했다. 내가 음악광이 아니기 때문에 잊고 있었던 것 같다. 그는 기타를 손에 들고 음악을 연주하기 시작했다. 밖에는 폭풍우가 계속 몰아쳤다. 내가 총애하는 살인자와 함께 느긋한 마음으로 따뜻한 커피를 마시고 있자니 기분이 무척 좋아졌다. 그러나 이런 손쉬운 행복을 손에 넣는다는 것은 끔찍한 일이었다. 그런 행복은 사람을 속박한다. 행복에서 빠져나오는 것은 상심에서 빠져나오는 것보다 더 힘든 일이다. 우리는 최악의 근심거리 한가운데에서 헤엄치고, 몸부림치고, 스스로를 변호하고, 한 가지 생각에 사로잡힌다. 그리고 돌연 행복이 조약돌처럼 혹은 반짝이는 햇빛처럼 우리의 이마를 친다. 그러면 우리는 존재한다는 그 모든 기쁨을 마주한 채 당황하여 뒷걸음을 치는 것이다.

낮 시간은 그렇게 흘러갔다. 루이스는 게임에서 내게 15달러를 따냈고, 다행히도 요리는 내게 맡긴 뒤 기타를 계속 연주했다. 나는 책을 읽었다. 그와 함께 있으면 전혀 따분하지 않았다. 그는 고양이처럼 경쾌했다. 폴은 떡 벌어진 체격을 가졌음에도 나를 조금 귀찮게 만드는데 말이다. 만약 이와 똑같은 하루를 똑같은 조건에서 폴과 함께 보낸다면 어떨지 나는 상상해보았다. 그는 전화선을 복구하고, 롤스로이스를 안전하게 매어놓고, 덧창들을 방비한 다음, 나와 함께 시나리오 작업을 끝내고, 사람들에 대해 이야기하고, 섹스를 할 것이다. 내가 아는 바로는 그랬다…… 어쨌든 행동을 하고 움직였을 것이다. 그러나 루이스는 주변 여건에 개의치 않았다. 집이 제자리를 떠나 노아의 방주처럼 떠내려갈 수도 있었지만, 그는 이곳에서 행복하게 기타를 연주하며 가라앉아 있었다. 그랬다. 나는 이런 생각이 들었다. '안나'라는 이름의 태풍 한가운데에서 보내는 아주 감미로운 하루라고.

밤이 되자 태풍의 농담은 강도를 더해갔다. 덧창이 음산한 삐걱거림만 남긴 채 마치 새처럼 바람에 차례로 날아갔다. 밖에는 정말이지 아무것도 보이지 않았다. 나는 지금까지 이 나라에서 이런 일을 단 한 번도 겪어본 적이 없었다. 때때로 롤스로이스가 밖에 버려진 것에 대해 격분한 덩치 큰 개처럼 문 혹은 벽에 와서 부딪쳤다. 나는 두려웠다. 나는 무한한 선의를 지닌 신께서 언젠가부터 그의 비천한 하녀에게 지나치게 주의를 기울이신다고 생각했다. 그러나 루이스는 무척 즐거워했고, 당황스러워하는 내 표정을 눈에 띄게 즐기며 허세를 부렸다. 나는 조금 화가 나서 이제는 습관이 되어버린 수면제를 먹고—평생 약물을 피하며 살아왔건만—일찍 잠을 청해보려고 애썼다. 그러나 소용없었다. 바람이 마치 울부짖는 늑대들을 가득 태운 기관차처럼 계속해서 불어닥쳤고, 집이 사방에서 삐거덕거렸다. 그리고 자정쯤 되자 정말로 우지끈 소리를 내며 뭔가가 내려앉았다. 내 머리 위의 지붕이 날아가버렸고, 나는 온몸에 물세례를 받았다.

 나는 온힘을 다해 울부짖으며 물에 젖은 침대 시트 속에 바보처럼 머리를 묻었다. 그러고 있다가 쏜살같이 방에서 빠져나가 루이스의 품에 몸을 던졌다. 칠흑 같은 밤이었다. 그는 더듬더듬 나를 붙잡아 자기 쪽으로 끌어당겼고, 나는 그의 방으로 들어갔다. 그곳의 지붕은 아직 바람에 날아가지 않고 기적적으로 버

티고 있었다(집은 광포한 바람의 공격에 절반이나 부서져버렸고, 그래서 나는 물세례를 받은 것이다). 루이스는 자기 침대에서 담요 한 장을 꺼내, 마치 늙은 말처럼 내 몸을 마사지해주었다. 그리고 네발짐승이 두려워할 때 달래는 어조로 "괜찮아요…… 괜찮아…… 아무것도 아니에요…… 곧 지나갈 거예요." 하고 말했다. 잠시 후 그는 라이터를 켜들고 주방으로 내려가더니 스카치 병을 찾아내 무릎까지 젖은 채 돌아왔다.

"주방도 온통 물투성이에요. 소파와 안락의자가 거실 안에서 둥둥 떠다니고요. 이놈의 스카치 병을 손에 잡기 위해 거의 헤엄을 쳐야 했어요. 이것도 되는대로 물에 떠다니고 있었거든요. 물건들의 본래 용도가 달라지니까 정말 재미있던걸. 그 커다랗고 멍청한 냉장고조차 물에 떠 있더라고요."

그가 쾌활하게 말했다.

나는 그게 재미있게 느껴지지 않았다. 그러나 그가 내 긴장을 풀어주기 위해 최대한 노력하고 있다는 것을 느낄 수 있었다. 우리는 담요를 몸에 둘둘 감고 추위에 떨면서 그의 침대 위에 앉아 어둠 속에서 병째로 스카치를 마셨다.

"우린 뭘 해야 하지?"

내가 물었다.

"날이 밝기를 기다려야죠. 벽은 단단하니까 당신은 내 보송보송한 침대에 몸을 뉘고 잠을 자면 돼요."

루이스가 평온하게 말했다.

잠을 잔다고…… 이 청년은 정말 미쳤다. 그런데도 두려움과 알코올 기운 때문에 내 고개가 꺾였고, 나는 그의 침대에 몸을 뉘었다. 그는 내 옆에 앉아 있었다. 미친 듯이 모양을 바꾸는 구름 사이로 새어나온 희미한 빛이 창문을 통해 들어왔고, 그의 옆모습이 보였다. 나는 이 밤이 결코 끝나지 않을 것이고 나는 죽을 거라는 생각에 사로잡혔다. 그러자 슬픔이, 어린아이 같은 공포가 목구멍까지 차올랐다.

나는 애원했다.

"루이스, 나 무서워. 내 옆에 누워."

그는 대답하지 않았다. 하지만 잠시 후, 그가 침대를 한 바퀴 돌아 내 옆에 와서 누웠다. 우리는 둘이서 침대에 등을 대고 누워 있었고, 그는 아무 말 없이 담배 한 대를 피웠다.

그 순간, 롤스로이스가 한층 거대한 파도에 실려 우리가 있는 방의 벽까지 밀려와 부딪혔다. 엄청난 소음과 함께 벽이 흔들렸고, 나는 루이스의 품으로 뛰어들었다. 미리 염두에 둔 행동은 아니었다. 하지만 나는 나를 품에 안고 힘주어 꽉 끌어안아줄 남자가 절대적으로 필요했다. 그리고 그게 바로 루이스였다. 그가 내 얼굴 쪽으로 자기 얼굴을 기울이더니 내 이마와 머리카락, 입술에 입을 맞추기 시작했다. 부드럽고 규칙적인, 믿을 수 없을 만큼 상냥한 입맞춤이었다. 그러는 동안 그는 내 이름을 부르며 일종의 사랑의 말을 중얼거렸다. 나는 그의 머리칼과 몸에 파묻혀 있어서 그 말을 잘 알아들을 수가 없었다. "도로시, 도로시, 도로시⋯⋯." 그의 목소리는 폭풍우의 소음을 덮어버리지 못했다. 나는 움직이지 않고 가만히 있었다. 나는 그냥 그의 따뜻한 육체에 몸을 대고 따뜻하게 누워 있었으며, 정말로 아무런 생각도 하지 않았다. 이렇게 끝나야 한다는, 그리고 그건 그리 심각한 일이 아니라는 막연한 생각 말고는.

그러나 이렇게 끝이 날 수는 없었다. 나는 갑자기 그것을 깨달았다. 동시에 나는 이해했다. 루이스가 어떤 사람인지 그리고 그의 모든 행동의 동기를. 그가 저지른 살인과 광기나 다름없는 나를 향한 그 플라토닉한 사랑을. 나는 서둘러, 지나치게 서둘러 몸을 일으켰고, 그도 곧 나를 놓아주었다. 우리는 둘 다 화석처럼 굳은 채, 마치 우리 사이로 갑자기 뱀 한 마리가 미끄러져 들어오기라도 한 듯 꼼짝 않고 있었다. 더 이상 바람소리도 들리지 않았다. 내 심장이 거칠게 뛰는 소리만 들릴 뿐이었다.

"그래요, 당신이 아는 대로죠."

루이스가 천천히 말했다…….

그가 라이터를 켰다. 라이터 불빛에 그의 얼굴이 희미하게 떠올랐다. 완벽하게 아름다운, 너무나 외롭고 앞으로도 영원히 외로울 그 얼굴이……. 나는 끔찍한 연민에 사로잡혀 그에게 손을 내밀었다. 그러나 그는 이미 그 맹목적인 시선을 하고 있었고, 나를 보고 있지 않았다. 그가 라이터를 떨어뜨리더니 두 손으로 내 목을 움켜쥐었다.

나는 자살할 성향이 있는 사람은 절대 아니었다. 그러나 그 순간 왠지 모르지만 그가 하는 대로 그냥 내버려두고 싶은 생각이 들었다. 내가 느끼고 있는 이 연민, 이 상냥함이 마치 피난처라도 되는 듯 죽음으로 나를 떠밀고 있었다. 내가 죽지 않고 구원받은 것은 아마도 그 때문인 것 같았다. 나는 전혀 발버둥치지 않았다. 그러나 루이스의 손가락이 내 목에 압력을 가하자 세상에 존재하는 것이 내게는 가장 소중한 일일지도 모른다는 생각이 들었고, 나는 지금 이 숨결이 내가 쉬는 마지막 숨결이 될 위험을 무릅쓰고 그에게 차분하게 이야기하기 시작했다.

"원한다면 그렇게 해, 루이스…… 하지만 그러면 내가 괴로워져. 너도 알겠지만 난 언제나 삶을 사랑했어. 나는 태양을, 친구들을, 그리고 너 루이스를 무척이나 좋아했어……."

그의 손가락의 압력이 계속되었다. 나는 숨이 막혀왔다.

"나 없이 무엇을 할래, 루이스. 넌 다시 따분해질 거야…… 루이스, 내 사랑, 착하지, 나를 놓아줘."

갑자기 그의 손가락이 내 목을 떠나더니, 그가 오열하며 나에게 쓰러졌다. 나는 그가 내 어깨 위에 편안하게 기대게 해주고 오랫동안 아무 말도 하지 않고 그의 머리칼을 어루만져주었다. 지금껏 살아오면서 몇몇 남자가 내 어깨 위에 쓰러져왔지만, 그 누구도 내게 측은한 마음을 불러일으키지 못했다. 이 야만적이고 급작스러우며 남성적인 슬픔처럼 내게 엄숙한 감정을 불러일으키지 못했다. 나를 죽일 뻔한 이 청년의 사랑만큼 상냥한 사랑을 내게 베풀어준 사람은 아무도 없었다. 다행히도 나는 오래 전에 논리라는 것을 포기해버렸다.

루이스는 폭풍우와 동시에 기가 꺾여 빠르게 잠이 들어버렸고, 나는 밤새도록 그를 내 어깨에 기대게 한 채 하얗게 밝아오는 하늘과 사라져가는 구름, 파괴된 대지 위로 마침내 떠오르는 뻔뻔한 태양을 바라보았다. 그것은 내 생애 가장 아름다운 사랑의 밤이었다.

16

 다음 날, 내 목에는 보기 흉한 시퍼런 멍자국이 생겼다. 나는 거울 앞에서 마지막으로 깊이 생각에 잠겼고, 마침내 전화기를 집어들었다.
 나는 폴에게 청혼을 받아들이겠다고 말했다. 그 말이 그를 기쁨으로 가득 채우는 듯했다. 그런 다음 나는 루이스에게 폴과 결혼한다고, 신혼여행으로 잠깐 유럽에 가 있을 것 같다고, 내가 없는 동안 이 집을 잘 부탁한다고 말했다. 결혼식은 루이스와 캔디를 증인으로 하여 십 분 만에 치러졌다. 결혼식을 마친 다음 나는 짐가방을 꾸렸고, 루이스를 오랫동안 품에 끌어안고 곧 돌아오겠다고 약속했다. 그도 얌전히 지내겠다고, 열심히 일하고, 매주 일요일마다 롤스로이스 주변의 잡초를 뽑겠다고 약속했다. 몇 시간 뒤, 나는 비행기의 창문을 통해 비행기의 은빛 날개가 청회색 구름 떼를 가르는 모습을 바라보며 파리로 날아가고 있었다. 비로소 악몽에서 벗어나고 있다는 느낌이 들었다. 따뜻하고 단단한 폴의 손이 내 손 위에 놓여 있었다.

우리는 파리에 한 달 정도만 머무르려 했다. 그러나 제이가 내게 전보를 보내, 대본에 매달려 있는 나와 같은 불행한 노예 한 사람을 도우러 이탈리아로 가달라고 부탁했다. 폴은 폴대로 런던에서 사람들을 만나야 했다. RKB가 그곳에 또 다른 제작 사무실을 세우고 있었던 것이다. 우리는 여섯 달 동안 끊임없이 런던-파리-로마를 정기적으로 왔다갔다했다. 나는 기분이 매우 좋았다. 새로운 사람을 많이 만나고 딸도 만날 수 있었기 때문이다. 나는 이탈리아에서 해수욕을 했고, 파리와 런던에서 파티를 열었다. 머리끝부터 발끝까지 옷을 멋지게 차려입었고, 폴은 함께 지내기에 더없이 상냥했으며, 늘 그랬듯이 유럽이 참으로 좋았다. 때때로 루이스의 편지가 날아왔다. 그는 편지 속에서 어린아이처럼 정원에 대해, 집에 대해, 롤스로이스에 대해 이야기했고, 우리가 곁에 없는 것을 수줍게 불평했다. 매클리의 죽음으로 인해 그의 첫 영화가 새로운 국면을 맞고 있었다. 몇 군데 완전히 망친 장면들이 있는 듯한 그 영화의 재손질을 맡게 된 사람은 매우 훌륭한 감독인 찰스 보였다. 그리하여 루이스는 카우보이 의상을 다시 입게 되었다. 그의 비중도 좀 더 커진 듯했다. 그러나 역시 루이스는 그 이야기를 오히려 애처로운 어조로 편지에 써보냈고, 나는 할리우드로 돌아가기 삼 주 전부터 그 영화가 매우 훌륭하며, 신인 루이스 마일스의 연기가 너무나 탁월하여 오스카 상 수상이 유력시된다는 사실을 알게 되었다.

나는 꽤 놀랐다. 로스앤젤레스에 도착해보니, 루이스가 공항에 마중 나와 있었다. 그는 마치 어린아이처럼 달려들어 내 목을 끌어안고 폴의 목도 끌어안았다. 그리고 나서 씁쓸한 어조로 불평을 늘어놓았다. '사람들'이 그를 끊임없이 귀찮게 하고, 그가 아무것도 이해할 수 없는 계약을 그에게 계속 제안하며, 수영장이 딸린 커다란 집을 빌려주기까지 했으며, 쉬지 않고 그에게 전화를 해댄다고. 그는 제정신이 아닌 듯 보였고 화가 난 것 같았다. 만약 내가 그날 돌아오지 않았다면 그는 달아나버렸을지도 몰랐다. 폴이 웃음을 터뜨렸다. 그러나 나는 루이스의 안색이 좋지 않고, 그의 몸이 야윈 것을 확실히 알 수 있었다. 오스카 상 시상식이 다음 날 열릴 예정이었다.

할리우드 사람들이 멋지게 차려입고, 화장을 하고, 찬란하게 빛을 발하며 하나둘씩 모여들었고, 루이스는 오스카 상을 탔다.

루이스는 멍한 표정으로 무대 위에 올라갔고, 나는 삼천 명의 사람들이 한 살인자를 향해 장내가 떠나갈 듯 박수를 치는 모습을 초연한 마음으로 지켜보았다. 사람은 결국 모든 것에 익숙해지기 마련이다. 오스카 상 시상식이 끝난 뒤에는 제이 그랜트가 주최하는 성대한 파티가 루이스의 새 집에서 열렸다. 한눈에 보기에도 루이스를 매우 자랑스럽게 여기고 있는 제이가 나에게 집 이곳저곳을 구경시켜주었다. 루이스를 위한 새 옷들로 가득 찬 옷방, 루이스가 타고 다닐 새 자동차들이 잠자고 있는 차고, 루이스가 잠을 자게 될 방, 루이스가 손님을 맞게 될 거실을. 루이스는 뭐라고 계속 중얼거리며 내 뒤를 따라다녔다. 내가 그를 향해 몸을 돌리고 물었다.

"네 오래된 청바지들은 벌써 옮겨다놓은 거야?"

그가 무서운 표정으로 고개를 저었다. 그는 그날 밤 파티의 주인공이라 하기에는 이상하리만큼 초연해 보였다. 그는 내 충고에도 불구하고 자기 손님들을 접대하는 것을 거부하고 내 뒤를 졸졸 따라다니는 것으로 만족했다. 나는 어서 떠나라고 폴과 나를 떠미는 듯한 시선들과 그들의 속마음을 알아챘다. 그래서 누군가가 루이스를 독점하고 있는 틈을 타 폴의 팔을 붙잡고 피곤

하다고 속삭였다.

  폴과 나는 임시로 내 집에 살기로 결정한 상태였다. 폴의 아파트는 시내 한가운데에 있었는데, 나는 교외에 사는 것만 견딜 수 있었기 때문이다. 시각은 새벽 세 시 가까이 되었고, 우리는 자동차가 있는 곳까지 조심스럽게 물러났다. 나는 빛나는 그 거대한 집을, 커다란 수영장 물에 반사된 그 집의 모습을, 창가에 보이는 사람들의 그림자를 바라보았다. 그리고 겨우 일 년 전 한 이름 모를 청년이 이 자동차 보닛 위로 뛰어들었을 때 우리가 이 길과 똑같은 길을 통해 집으로 돌아갔던 것을 기억해냈다. 참으로 대단한 일 년이었다!…… 그래도 모든 것이 잘 끝났다. 물론 프랭크, 루엘라, 볼튼 그리고 매클리만 빼고.

  폴이 두 대의 새 롤스로이스 사이로 조심스럽게 후진을 한 다음, 천천히 차를 출발시켰다. 그때, 일 년 전처럼 한 청년이 두 팔을 벌린 채 헤드라이트 불빛을 받으며 자동차를 향해 몸을 던져왔다. 나는 깜짝 놀라 비명을 질렀다. 루이스가 내가 탄 쪽으로 달려들더니 차 문을 열고 내 두 손을 붙잡았다. 그는 사시나무처럼 벌벌 떨고 있었다.

  그가 띄엄띄엄 말했다.

"나를 집으로 데려다줘요. 나를 데려다줘요, 도로시. 난 여기 있기 싫어요."

그가 내 어깨 위에 머리를 기댔다. 그리고 어딘가 얻어맞기라도 한 사람처럼 길게 숨을 들이마시며 다시 머리를 들었다.

나는 더듬거리며 말했다.

"하지만 루이스, 네 집은 이제 여기야. 그리고 사람들이 모두 너를 기다리고 있어……."

"난 집에 돌아가고 싶어요."

그가 말했다.

나는 폴에게 눈길을 던졌다. 그는 조용히 웃고 있었다. 나는 마지막 노력을 했다.

"곤란을 겪고 있을 불쌍한 제이를 생각해봐……. 네가 이렇게 떠나버리면 그가 화낼 거야."

"그 사람, 내가 죽여버릴 거예요."

루이스가 말했고, 나는 소스라쳐 놀랐다.

나는 곧바로 몸을 비켜 자리를 내주었고, 루이스는 내 옆 좌석에 털썩 주저앉았다. 폴이 차를 출발시켰고, 우리는 다시 셋이서 길 위로 나섰다. 나는 완전히 얼떨떨한 상태였다. 그런데도 나는 루이스에게 오늘 밤 일어난 일은 네가 신경과민이거나 뭔가 문제가 있어서 그런 것뿐이라는 둥, 이삼 일 후면 네 집으로 돌아가야 할 거라는 둥, 저렇게 멋진 집에서 살지 않겠다고 하면 사람들은 이해하지 못할 거라는 둥 도덕적 설교를 잔뜩 늘어놓았다.

"난 당신 집에서 살 거예요. 그리고 저 사람들은 저기서 즐길 거고요."

그가 침착한 목소리로 말했다.

그러고 나서 그는 내 어깨에 기대어 잠이 들었다. 우리는 그를 거의 자동차에서 끌어내리다시피 하여 예전에 그가 머물던 작은 방으로 데려가 침대에 뉘었다. 그가 눈을 조금 뜨고 나를 바라보더니 미소를 지었다. 그리고 평안한 표정으로 다시 잠이 들었다.

폴과 나는 우리 방으로 갔고, 나는 옷을 벗기 시작했다.

잠시 후 내가 폴을 돌아다보며 물었다.

"우리가 그를 오래 데리고 있을 거라 생각해요?"

"영원히. 당신도 잘 알고 있는 바잖아."

폴이 건성으로 대답한 뒤 미소를 지었다.

나는 약하게 항의했다. 하지만 그가 내 말을 잘랐다.

"당신 이렇게 지내는 게 행복하지 않아?"

"행복하죠, 무척."

내가 대답했다.

그것은 사실이었다. 물론 때때로 나는 루이스가 사람을 죽이는 것을 막느라 어려움을 겪을 것이다. 하지만 조금 감시를 하고 운만 따라준다면…… '잘될 것이다.' 이 저주받은 명제는 언제나 그렇듯 내 긴장을 풀어주었고, 나는 콧노래를 부르며 욕실로 향했다.

작품 해설
프랑스의 감수성 사강을 이해하기 위해……

여기 한 작가가 있다. 프랑수아즈 사강. 비평가들은 작품 속에 사강의 코드가 얼마나 기이하게 배치되는지 잘 알지 못한다. 모든 문학에 공통되는 이론과 기법은 애초에 배제되어 있다. 사강은 이런 말을 한 적이 있다. '나는 한 번도 내 작품들을 통해 평가받지 못했어요. 사강이라는 사람으로 평가받았죠. 시간이 흐르자 작품을 통해 평가받게 됐어요. 그리고 나는 그것에 익숙해졌죠." 이런 경우는 아마도 현대문학계에서 매우 특이한 일일 것이다. '작가'를 너무나 좋아한 나머지 그의 작품은 상대적으로 덜 조명받은 것이다. '매혹적인 악마'(프랑스 소설가 프랑수아 모리악이 사강을 이렇게 평했다.―옮긴이)가 된 이후 사강은 미묘한 감정을 경험했다. 그녀는 이렇게 말했다.

"나는 하나의 물건, 하나의 사물이 되었어요. 사강 현상, 사강 신화. 하지만 부끄러웠어요. 나는 유명인이라는 틀 속에 갇힌 죄수였죠. 나는 알코올에 빠졌고, 사소하고 음울한 육체관계에 탐닉했고, 영어 표현들을 더듬거렸고, 그럴듯한 경구들을 내뱉었고, 실험실의 닭처럼 뇌를 박탈당했어요."

- 『대답들』 중에서

  사람들은 돈을 벌기 위해, 성공하기 위해 '유명인사'가 되려고 하고 '신화'가 되려고 한다. 하지만 사강은 자신이 해야 할 일을 단순화하기에는, 소리 없이 얌전히 지내기에는 너무나 자유분방했다. 담배를 피우고 위스키를 마시며 재즈를 즐기는 사강에게 생 트로페, 도빌, 아스통 마르탱 등은 그녀의 즐거운 놀이터였다. 사강은 니미에, 위그냉, 카뮈(모두 자동차의 스피드를 즐기던 문인들—옮긴이)와 친분을 맺었고, 그들에 대해 이렇게 기록했다. "콘솔박스 속에 영혼을 반환한 혹은 반환할 뻔한 작가들."

  그녀의 이러한 행보는 호사가들의 욕구를 충족시키고도 남았다.

  그녀에 대한 일화를 열거하자면 한도 끝도 없을 것이다. 하지만 모리악의 발언에 주목하자. 만약 우리가 어떤 희생을 무릅쓰고라도 사강을 이해하고 싶다면 적어도 모리악의 관점에 대해 알 필요가 있다. 모리악은 프랑수아즈 사강에게서 "지나칠 정도로 재능을 타고난 소녀" 외의 다른 면을 보았다. 모리악은 그녀가 가진 "악(惡)을 분별해내는 능력"을 이야기한다. 그것은 『슬픔이여 안녕』에 잘 나타나 있다.

*

  모리악은 사강의 첫 소설, "프랑스인의 정신적 삶을 증언하는 작품" 『슬픔이여 안녕』을 수상작으로 결정한 것에 대해 프랑스 문학비평상 심사위원들을 비난한 바 있다. 또한 사람들은 젊은 프랑수아즈가 '심오함이 부족하다'는 이유로 비난받았다고 말한다. 혹평을 많이 듣는 것은 젊은 작가에게는 오히려 좋은 징조다. 그런 과정을 겪고 얻어진 '정신성'은 정치성보다 훨씬 더 큰 힘을 가지며, 문학성을 추구하는 데 더욱 무거운 짐이 된다. 프랑수아즈 사강은 "비극은 어떤 면에서 인생과 닮았을까?"라는 주제로 대학입학자격시험을 치러 20점 만점에 17점을 맞았다. 그녀는 충분히 심오한 깊이를 가지고 있었다.

그녀는 글을 쓰는 사람이었지만, 사실 그녀에게 문학보다 더 낯선 것은 없었을 것이다. 그녀는 『어떤 미소』에서 도미니크의 입을 통해 '얼굴 찌푸림' 이라는 표현을 사용했다

"그것은 단순한 이야기였다. 얼굴을 찌푸릴 이유가 없는 것이다."

얼굴을 찌푸리지 않는 것은 평소 사강의 생활 방식이기도 했다. 사르트르는 한 술 더 떠 그녀에 대해 다음과 같이 말했다. "당신은 친절하오. 오직 지성적인 사람들만 친절하지."
지성은 아무것에도 속지 않는 것이다. 특히 말에 속지 않는 것이다. 지성은 또한 불운한 동료에게 훈계를 늘어놓지 않는 것이다. 그들 역시 어쩔 수 없이 그렇게 된 것이니 말이다. 지성은 또한 도덕이나 교훈을 기분전환 거리로 삼지 않는 것이다. 그런 것은 꿈속에나 존재한다. 프랑수아즈 사강은 두 눈을 크게 뜨고 세상을 바라본다.
비극은 어떤 면에서 인생과 닮았을까? 그녀는 인생에 대한 사탕발림 같은 환상을 벗어버리고 용기와 단순함을 추구한다. 삶은 우리를 위해 만들어진 것이 아니다. 삶은 우연히 혹은 부주의

에 의해 만들어졌을 것이다. 적대적이고 음험한 무언가가 우리의 모든 이론들에 대한 그리고 우리 자신에 대한 이유를 최종적으로 제시해줄 것이다.

"우리 모두 무슨 짓을 한 거죠?…… 대체 무슨 일이 일어난 거죠? 이 모든 것에 무슨 의미가 있죠?" 조제가 상냥하게 대답했다. "그런 식으로 생각하면 안 돼요. 그러면 미쳐버리게 돼요."

- 『한 달 후, 일 년 후』 중에서

그러므로 우리는 '습관에 의해' 행복할 것이고 예의바를 것이다. 왜냐하면 살아간다는 것의 행복은 "죽는다는 것에 대한 막연한 희망"과 이웃이기 때문이다. 우리는 모두 "사물의 무지막지함"과 모든 것의 밑바닥에 도사리고 있는 권태를 좌절시킬 만큼 충분히 강하다. 그러므로 자기 자신만을 바라보아야 한다. 만약 삶이 『어떤 미소』의 도미니크가 느끼는 것처럼 "긴 속임수"라면, 그 속임수는 너무나 고독한 나머지 길을 잃어버렸을 것이다. 하지만 그 속임수는 순진한 사람들과 계속해서 게임을 할 것이다. 순진한 사람들은 규칙에 따라 게임에 임하면 이길 거라고 생각한다. 그러나 이보다 더 불행한 일이, 이보다 더 자연에 반하는 일이 어디 있겠는가? "그런 식으로 생각하면" 우리는 모두 기분전환 거리 없는 고독한 왕이 아니겠는가? 사강은 마치 자기 자신에 대해 이야기하듯 "가장 위대한 운명이 약속되어 있는" 젊은 금발 청년에 대해 이야기한다(『영혼의 상처』 중에서). 시간은 흘러가고 우리를 끌고 간다. 하지만 그러면 "미쳐버리게 된다." 이런 식으로 생각할 수도 있는 것이다.

 작가의 성실함은 형이상학의 힘으로 독자들을 지나치게 겁주지 않는 데 있는 것이 아닐까……

필리프 바르틀레

---

* 필리프 바르틀레 – 프랑스의 작가 · 저널리스트. 『앵무새 교살자』, 『바다뱀에게 책 읽어주기』, 『프랑스 찬가』, 『바랄립통』 등의 저서가 있으며 아카데미 프랑세즈 문학상, 콩쿠르 상을 수상했다.

역 자 후 기
극단적 사랑과 완전범죄의 이중주

『마음의 파수꾼』은 1968년, 그러니까 사강이 서른세 살 되던 해에 발표한 소설이다. 사강은 술, 마약, 자동차 사고, 나이 든 여자와 기둥서방 등 사람들이 그녀에게 비난하는 요소들만 골라 스스로 즐기면서 15일 만에 이 작품을 써냈다고 한다. 아닌 게 아니라, 이 작품 속에는 술, 마약, 살인 등 반사회적인 요소들이 빈번히 등장한다.

왕년에 꽤나 인기 있는 여배우였고 지금은 시나리오 작가로 일하고 있는 여주인공 도로시 시모어 역시 적당히 방탕하게 인생을 살아온 인물이다. 그녀는 딸과 손주도 있는 마흔 다섯 살의 중년 여성이지만 할리우드라는 특별한 세계 속에서 마치 젊은 독신 여성처럼 삶을 적당히 즐기며 살아간다. 남자친구 폴 브레트가 있지만 그와의 관계를 그리 심각하게 여기지도 않는다. 폴과 드라이브를 하다 자동차 사고가 나면서 알게 된 루이스라는 청년을 별 생각 없이 자기 집에 들일 만큼 충동적인 성격의 소유자이기도 하다.

사실, 도로시는 첫 만남부터 루이스라는 이 이십대 중반의 청년에게 매력을 느낀다. 다리를 다쳤다는 이유로 도로시의 집에 들어와 지내게 된 루이스는 다리가 다 나은 뒤에도 도로시의 집을 떠날 생각을 하지 않고, 도로시 역시 그를 내보낼 마음이 없다. 두 사람 사이에는 애정 비슷한 감정이 생겨나고, 함께 시간을 보내며 여러 가지 대화를 나눈다. 그녀와 결혼하고 싶어 하는 폴 브레트는 루이스의 존재를 수상쩍게 여기지만, 둘 사이에 육체적 관계가 없다는 도로시의 말을 믿고 루이스를 친밀하게 대한다.

어느 날, 도로시는 루엘라 슈림프라는 여배우와 눈이 맞아 그녀를 버리고 떠난 두 번째 남편 프랭크에 대해 루이스에게 이야기하게 된다. 그로부터 얼마 뒤 프랭크의 사망 소식이 전해진다. 루이스가 그는 당신을 떠나서 벌을 받은 거라는 엉뚱한 말을 하지만, 도로시는 젊은이의 치기로 생각하고 가볍게 넘긴다. 도로시는 루이스에게 스크린 테스트를 주선하고, 루이스는 영화배우로서 할리우드의 한 기획사와 계약을 맺는다. 스크린 테스트 화면에서 도로시는 아무것도 보고 있지 않은, 마치 영혼이 육체를 잠시 떠난 것 같은 루이스의 시선을 발견한다.

　루이스는 어느 모험영화의 조연으로 영화를 찍게 되는데, 할리우드의 악명 높은 권력자이며 도로시와도 원한 관계가 있는 제리 볼튼이 루이스를 빼오려고 더 좋은 조건을 제시하며 그를 꼬인다. 도로시는 제리 볼튼이 어떤 사람인지 이야기하며 루이스에게 화를 내고, 다음 날, 제리 볼튼이 살해되었다는 소식이 전해진다. 이탈리아에서 영화를 찍다가 잠시 귀국한 루엘라 슈림프 역시 자동차 사고로 세상을 떠난다.

　어느 날 밤, 도로시는 프랭크와 제리 볼튼, 루엘라 슈림프를 죽인 것이 바로 루이스라는 것을 알아채고 루이스에게 그것을 확인한다. 루이스는 순순히 시인하면서 증거가 전혀 없으니 당신은 괴로움을 당하지 않을 거라고, 과거에 그녀를 괴롭혔거나 현재 그녀를 괴롭히는 사람들만 죽일 뿐이라고 설명한다. 죽을 위험을 무릅쓰고 바다에 빠진 폴 브레트를 구한 것에 대해서는 "당신은 그를 좋아하고, 그가 죽으면 힘들어할 테니까요."라는 이유를 댄다. 루이스는 사랑에 대해 매우 배타적이고 극단적인 개념을 갖고 있는 기묘한 청년인 것이다.

　루이스의 영화 촬영이 끝나는 날, 도로시를 모욕하는 영화감

독 빌 매클리의 발언을 엿들은 루이스는 네 번째 살인 대상으로 그를 택한다. 촬영용 소품인 총에 공포탄이 아닌 실탄을 장전한 루이스는 연기 도중 그 총으로 빌 매클리를 직접 쏘아 죽인다. 형사들이 찾아오고 수사가 벌어지지만 루이스의 살인은 완전범죄로 묻혀버리고, 도로시는 폴과 결혼하여 여섯 달 동안 유럽에 다녀온다. 그 사이 루이스는 촉망받는 스타가 되고 오스카 상까지 수상하지만, 호화로운 저택과 멋진 자동차를 마다하고 도로시와 폴 부부와 함께 사는 생활을 선택한다.

루이스는 도로시에게 이렇게 말한다. "난 당신만을 사랑할 뿐이에요. 다른 사람들에겐 전혀 관심 없어요." 이런 사랑이 과연 가능한 것일까? 세상에는 수십억의 사람이 살고 있고, 사랑 종류도 사람의 수만큼이나 많을지도 모르겠다. 남녀간의 사랑은 어느 정도의 배타성을 띠게 마련이지만, 루이스의 경우 그 배타성이 극단으로 치닫고 있다. 도로시에 대한 사랑 외의 다른 것은 전혀 개의치 않는 것이다. 루이스의 범죄가 완전범죄로 끝나는 것에 대해 점잖고 보수적인 사람들은 심기가 불편할지도 모른다. 그러나 사강의 작품들이 대개 그러하듯 충격적이고 자칫 천박하게 느껴질 수 있는 스토리가 사강 특유의 섬세하고 우아한 문체 덕택에 경쾌함과 세련미를 획득하고 있다.

    사강은 섬세한 심리묘사에 치중한 사랑 소설을 많이 썼는데, 『마음의 파수꾼』은 그런 사랑 소설들과는 달리 스토리의 전개와 독특한 구성에 더 치중하여, 마치 할리우드의 스릴러 영화 한 편을 보는 듯한 재미를 느끼게 한다. 『슬픔이여 안녕』이나 『어떤 미소』의 화자가 사랑과 인생을 발견해가는 젊은 여성인 반면, 이 작품의 화자는 자신의 능력 범위와 자신이 가진 매력에 대해 잘 알고 있는 중년 여성이라는 것도 차이점이다. 한 여자에 대한 플라토닉한 사랑 때문에 살인도 마다하지 않으며, 그녀가 결혼한 뒤에도 평생 그녀와 함께하고자 하는 루이스의 병적인 애정이 읽는 이의 마음을 서늘하게 한다.

2007년 겨울
최 정 수